葛原妙子歌集　凡例

一、本書には葛原妙子の短歌一五〇〇首を載せた。
一、本書は次の項目からなる。編者による選歌集、解説、葛原妙子年譜。
一、本書は葛原妙子の歌集『朱靈』（白玉書房　一九七〇年一〇月刊行　初版）を完本で収めた。この歌集は新漢字と旧漢字とが混在しており、新仮名遣いと旧仮名遣いが混ざっているが、それも当時の出版状況や葛原の表現であるためそのまま再現した。
一、『朱靈』以外の歌集については『葛原妙子全歌集』（砂子屋書房　平成十四年刊）を軸に、各歌集を参照した。
一、ふりがなは『葛原妙子全歌集』（砂子屋書房）の通りとしたが、一部編者による読みを（　）付きで提示した部分もある。

『橙黄』抄

霧の花

昭和十九年秋、單身三兒を伴ひ淺間山麓沓掛に疎開、防寒、食料に全く自信なし

草枯るる秋高原のしづけさに火を噴く山のひとつ立ちたる

晶々

幼な顔凭(よ)りつついねむ膝にして月晶々と水の如きあり

アンデルセンのその薄ら氷(ひ)に似し童話抱きつつひと夜ねむりに落ちむとす

秋虹

乾燥野菜木屑のごとくちりぼひぬ嚴かならむ冬に入るとて

ともしび

八貫の炭負ひて立つわが足踏(あぶ)みたしかなるとき涙流れたり

子の寝ねてしまへばこれの一丘(ひと)に瞬くはかすかにわれのみと知る

橇

室(むろ)の戸をわづかにずらし溫(うん)氣あがる馬鈴薯(いも)よたしかに生きてあるなり

凍る時計

わが家居蓼科(たてしな)、八ッ嶽(やつ)の屋根かけて雪に明けゆく壯嚴を占む

清淨のわが山籠りときにふとゆるがすごとく山鳴りひびく

乾燥

ばぜりといふはかなき芹を摘める沼（ぬ）よガラスのごとく早春（はる）はひかりて

萌黄

軍の仕事動くけはひす落葉松の林を出（で）入る祕かなる物量

水炎

膿痂疹（のうかしん）絶え間なくなりし子等の皮膚曝さむ眞陽（まひ）の日毎まぶしく

水かぎろひしづかに立てば依らむものこの世にひとつなしと知るべし

流星

羸瘦(るいそう)のはげしき肉(しし)に手を置きぬさりとて死ぬるといふにもあらず

そのあした

敗戰が實感となるにまだ遠し先は考へむ飲食(おんじき)のこと

竹煮ぐさしらしら白き日を翻(かへ)す異變といふはかくしづけきか

空

落つるものなくなりし空が急に廣し日本中の空を意識する

凜々

フラスコの透明に似し秋日(しうじつ)のわれの歩みに從(つ)きて來る山

濡るるけもの

將校ら私服となりて山下る霧深き日のその靴の音

宇宙塵かすかに捲きて立つ霧かけもののごとく濡れてねむらむ

貨物車

貨物車に乘るはおごりの一つにて牛馬の如くのさばりて坐す

木の實

喪のいろのたぐひとおもふもんぺ穿き山の華麗に對はむとする

冽き草

夜の葡萄唇(くち)にふれつつ思ふことおほかたは世に祕すべくあるらし

ソ聯參戰の二日ののちに夫が呉れしスコポラミン一〇C・C掌にあり

致死量の目盛りを示し夫の瞳瞋(いか)りのごとくはげしかりにし

橙黄(とうわう)

柘榴

十月の地軸しづかに枝撓(たわ)む露の柘榴の實を牽きてあり

秋の蜂柘榴をめぐり鋼鐵の匂ひを含むけさの空なり

ロオランサン、シャガールなどの畫譜を閉ぢ貧しき國の秋に瞑(めつむ)る

ひややかにざくろの傳ふる透徹を掌(たな)そこに惜しめこころゆくまで

とり落さば火焔とならむてのひらのひとつ柘榴の重みにし耐ふ

俯瞰

冬日(とうじつ)のまぼろしに聞かむ鐘のあり錆びしニコライの圓蓋(ドーム)の內ゆ

押されゐる群衆(ぐんじゅ)に混りやはらかき無傷の四肢あり疼けるごとく

星の位置

花ひらくこともなかりき抽象の世界に入らむかすかなるおもひよ

熱ばみしたなうらに觸れしひと房のぶだうをむさぼりやがてふかぶかとねむる

巻一

東京灣ここに隅田の流れ呑むうねりの上の昏き太陽

しぐれする冬夜（とうや）のマンホール踏みてゆくらんらんとして活きてある眼が

巻二

觸角のごとくアンテナを立ててゆく自動車（くるま）寸暇の生きを愉しむ民あり

撒水の凍みし歩道を歩みつつすでに裸足にあらぬをとめら

昆蟲の蜜吸ふごとくをとめたち更けし茶房にストローを吸ふ

烈霜

巣鴨收容所に面會にゆく家族の寫眞頻りに揭りて朝の霜鋭し

立派さを死にゆく人に期待して大方のこころやすらぐらしき

けぶれる猫

娘を領せむすでにあやふし受洗のこと息つめて一夜あらそひしのち

をとめの日わが持たざりし堅忍を祕めつつかすかにまなこ燃えむか

早春のレモンに深くナイフ立つるをとめよ素晴らしき人生を得よ

忍冬

をとめ座の眞珠星（スピカ）しらみて己れ燃ゆる熱度三萬六千度なり

そらまめの花のふふめる街畑（まち）に口笛を吹くか十四のをとめ

牛

ホルスタイン種反芻の眸（まみ）かぎろひぬ晝微かなる潮（しほ）の音あり

人工授精終へたる牛が草に立つ靉靆とまなこけぶらふごとし

圓光

ミッションスクール山羊放ちある草青き丘をのぼれば夏の海みゆ

樫の扉（と）を重く閉ざせばゴブランの壁掛とわれと尼のみがあり

視線あひてしばし間のありわが鎧ふけふの母性よたぢろぐなかれ

その背(そびら)に圓光を負ひて母性マリヤ現身なりし像高く揭りゐき

原罪をうべなふつつしみ缺けしをみな一人を呑みて御堂の闇深し

梟

梟よかの月昏(くら)き思惟の森にまなこみはりて啼くにあるらし

ミネルバの梟ならぬまさびしき生きの鳥啼く月夜をこめて

梟よ原始の森に啼きし日の戀よ裸身の戀なりしかな

濁水

青きぶだう、黒きぶだうと重ね賣る濁水に洗はれし町角にして

水引きし巷の町をゆき交ひてその黄昏の半裸のをみな

暗紅

カルキの香けさしるくたつ秋の水に一房の葡萄わがしづめたり

掌にのせて呉れたるだりやひややかにしかもくれなゐのしたたかの量感

チェッコのグラス鮮烈に冷ゆ一束ね焔を噴けるだりやのかたへ

色盲の顳はれ少き女體の法則緋のダリヤ一つ眩むごとくあかし

醞釀（うんぢやう）

正倉院展ある博物館に停めてあるJapan Occupation A.1の自動車（くるま）

水皺（みしわ）かすかに池の面にあり銀杏樹（じゆ）のいまか崩れむ鬱金（うつこん）を盛る

段（きだ）のぼりつめたるゆくて天平のみ佛の四肢昏（く）らぐらと立つ

秋のガラスめぐらすなかに碧瑠璃（へきるり）の杯（もひ）ひとつありききよくかなしく

青き蜜柑

人間をしんじつ孤りとおもへどもその夜の觸れし掌（たなうら）よ熱かりき

紋章

サラブレット種嘶きたかくふるはする大氣の冷えのむらさきを感ず

冬の墓群まぢかに照りぬトレーニングの馬のひづめの遠のけるなか

奔馬ひとつ冬のかすみの奥に消ゆわれのみが纍々と子をもてりけり

酸性土壌きらひて育たぬ冬菜のむれひとたむろみゆわが厨より

怒りの目けふもそびらに寢(ぬ)るものか素直にわれの瞼とざしめ

女孤りものを遂げむとする慾のきりきりとかなしかなしくて身悶ゆ

シリウスの青く凍てつく窓ガラス息塞(づ)まるばかりに冷い空氣が吸ひたし

西洋詩の模倣に似たる幻想のひと連ねゆきゆふ日の玻璃しづか

わがうたにわれの紋章のいまだあらずたそがれのごとくかなしみきたる

霜するどき玻璃を巡らす夜の部屋に炯々として爪を磨ぐけものあり

冬梨

蛸集して火を消すらしきサイレンの抑揚しばし相應ふきこゆ

もゆるもの燃えしめし街がまたねむる大き安堵の息つくごとく

ゼラニューム

早婚のわれらがあひにいきづけるをとめようつうつと黒き眸を伏せ

棺に入る時もしかあらむひとりある浴槽に四肢を伸べてしばらく

玻璃

紡錘形のレモンが二つポケットにあり手觸(たふ)りつつゆくことのたのしさ

鮮黄のレモンを一つ皿に置きあさひとときの完き孤りよ

一顆のレモン滴るを受くる玻璃の皿てのひらにあるは薄ら氷(ひ)に似る

橙黄

近視、亂視、潛伏性斜視わが持ちて模糊錯落のこの春の視野

一點に凝らむと据ゑしわが眸(まみ)に綠(りよく)氾濫のすでに濃き野よ

なにかながきひと生(よ)を意識すとなりびとがテムポの遲きオルガンを彈く

砦

アトミックボムと人らささやけるわが結髪低き頭蓋を擬装してあり

額高(ぬか)くうづまき立てる頭髪を砦(とりで)となしてけふもものいふ

常凡

ボワリイ夫人の通俗の結末をよみ終るわが脈搏の迅(はや)ることなし

未明のをとめ

軍靴みだれ床踏む幻聴のしばらくありあかつきのをとめはしらしらとねむる

未明のをとめ足伸べてねむる清浄を息の苦しくみまもる吾れは

泉

チロルの羊群谷移りゆく鈴の音（ね）をまぼろしとなしてねむりに落つる

青銅の小さき時計が時刻む怖れよ胡桃は濃き闇に垂れ

禱り知らぬわれの頭上に夜々青き星置く空の近づき止まず

『縄文』抄

一枚貝

散りはてしのちのしばらく總身（しん）にさくらの花の影うつりゐる

貝の中に婦人の像を彫りこめし異國土産にくさり光れり

蒼ざめし一枚貝のなかにゐる貝婦人月（げつ）婦人ともみゆ

浮雲のある街をゆくしづかなるものを肩に乗せたる感じに

ひと息の素描に描かれしふしぎなる人間の手よ啓示をもてり

マチス展いでてけものの園に入る降る雨沁みしけだものの園

日常

穴を掘るといへど不吉の穴ならず大きダリヤの球を埋めむ穴

銀盤といへるダリヤの球を寝かす腐葉の穴よ輝かざるや

醫家の庭掘りゐるときのシャベル音異形（いぎやう）のものに突きあたりたり

水路

牛小屋に牛をりしかば手をのべて鹽を與ふるときのま暗し

斑（はだら）ある牛を撫でをりこの斑おもひ出でざる地形のごとく

飛天

鴉のごとく老いし夫人が樹の間ゆくかのたたかひに生きのこりゐて

四つの瓣ましろなる花山の花やまぼうし花なにか足らはね

野心は戀に似たりとときめきてわが一枚のしら紙を伸(の)す

薄燈光

黒潮のじり押す岬(さき)の一端にかぐろき蘇鐵群と日輪

昏(く)ら昏(ぐ)らと白晝の海のしあがりつかのま立てる大地(おほつち)しづむ

海邊ゆくバスのガラスに首垂れし紫アネモネわが身を蔽ふ

燈臺長飼ひゐるあうむの饒舌は白きペンキの鎧戸の蔭

白日の海鳴りあうむはもの言へり百年も生きるべらぼうな鳥め

鸚鵡の嘴（はし）わが肥大せる心臓の影と重なるときのまなるを

燈臺の螺旋階段よぢのぼるあな井戸に似て暗しつめたし

きりきりと糸巻くごとくのぼりつめ暮れざる海のみゆる燈臺

蜂窠のごとくあまたの彈痕とどめたる燈臺の圓蓋のもとに來りぬ

高きもの尖端なるもの燈臺にのぼりきてさびしもの言ふわれは

莊嚴なるガラスの鎧をまとひたる燈臺光源薄暮の微光

燈臺光月見草より淡くして四圍なる虛空眞空とみゆ

光らざるひかりともれりうすやみに悲劇（ひいげき）のごとうつくしきかも

足らはざる息に立ちをり素黝なる大洋(わだ)と陸(くが)の一端あらそふ

水平線膨れやまざる海に向き突き入る陸(くが)を受身とおもふ

この岬に男みづからを否定せしうたびとありき夭くみまかりき

防風林の陰なる白堊微動せりThe Shiomisaki Radio Station

錨

閒餘の錨　尺餘の錨　砂に摺りひさげる町は魚臭に滿ちぬ

縞あらき海魚は粗き籠にゐたりそこのみ暗き魚の町ゆく

砂熱き濱にひろげし魚網がしばしばも連繫をうしなふ

漁網（ぎよまう）の影きれぎれにまひなたを過ぐかのマラリヤの影にあらじか

翳るうみの斷口（きりくち）がみゆ青透ける海はかぎりなき針をひそめつ

砂時計

しらくものなかに鷄のごときもの羽搏けりと言ふ病みてまどろむ

にはとりは厨に吊さるるのみレグホンの鷄冠赤く垂るるのみ

むしり了ふれば一羽の痩せし鷄となる眞白き羽毛散亂の中

命數の保證なき者わらひゐるあかるき褥の白きくちびる

クリスチナ・マヌエラといふ汝が洗禮名（をしへな）いみじくあれば死ぬかとぞおもふ

かげろふと細れるをとめ臥しをればいづこともなくあらはるる猫

木の椅子にわれは居睡る一生に最初の白髪(しらかみ)は光らむとして

狂熱のごとき孤獨は兆さむか山の孤室にこがらし聞けば

落ち窪みあなや崩れむ爐火の中なほ灼熱の釘一つあり

靴音

棘のなき薔薇をひととき夢想せりこの上もなき低俗として

疾風の夜に思へりポーランド人ショパンの髪の毛は金髪なりしや

聖草

圓轉する地球の上にアフリカ菫を抱(いだ)けるわれひとりゐる

夕明りのこる卓上に枯れし草聖(ひじり)のごとき種子をこぼせり

滑走

東京の昏(くれ)色のまづは滲まむと遠ゐる飛行機翼張りたり

空港の空暮れがたしとどろきて天の往來地上の往來

冬となる半球に飛ぶ飛行者よひらめける冬の手紙を與へよ

透きとほる境を越えてゆきし者迯れる者は境にとどまる

飢渇

水を禁じられたる子供さすらへる墓處（ど）に花筒の水涸れてゐし

記憶のなかにもの憂き暑（しょ）あり物蔭に蓋を閉（さ）したる大き井戸あり

三〇〇ccばかりを瓶（かめ）に注（そそ）ぎやりぬ一夜に菊の吸ひし水の量

日輪

かつきりと物見えそむる十二時のわが目よ人の寝ねしづむ頃

卓上に置かれしいづれも白くして秋の手紙の嵩うすきなり

祖父（おほちち）がシーボルトにつきたまひし日を漂泊のごとしとおもふ

十字架に頭（かしら）垂れたるキリストは黒き木の葉のごとく掛かりぬ

ヴィヴィアン・リーと鈴ふるごとき名をもてる手弱女の髪のなびくかたをしらず

嘘

人の耳にきこえざる音聴きてゐる犬を繫げる鎖地に曳く

傅（かしづ）きし唇赤き少年を打ちしことありやレオナルド・ダ・ヴィンチ

礫（つぶて）うつごとくきたりて透硝子（すき）へだてまみゆるおほき蛾のかほ

蛾のかほとしばし見合へりその顔が徐ろにメフィストの相となるまで

くらがりに誰ゐるとなき後姿（うしろで）の静謐にわが立ちつくす

蠟燭に片顔を照らしゐるときの寂しき人にちかづくべからず

縄文

水禽（みづどり）がいつせいに首をあげてゐるうす茜差すとほき水上

縄文（じやうもん）まざまざしかも埴古く怒れる甕の毀れし破片

縄文様もつれあひたる混沌よりふたたびひとすぢは巻きあがりたり

竪穴を無數に穿てる地表みゆひそみし女男（めを）は蛹ならずも

縄の文（もん）父にはなきやまはだかに立ちてあゆめるこどもになきや

生ける背中灼く拷問に耐ふる呻きおうおうとありし映畫を忘れず

肉親のごとくちかぢかとはた杳（とほ）し白き寝臺ひとつみえゐる

メランコリア

遠く立ちてわれを眺むる犬をりきあさあけの犬人を襲はず

アルブレヒト・デューラーに

放心の天使をりつつ足元に犬うづくまる「メランコリア」

『飛行』抄

冬の少女

ビニールの上にひた置く刃物らの光らむとして冬はするどし

かりかりと噛ましむる堅き木の實なきや冬の少女は皓齒（しらは）をもてり

長き髪ひきずるごとく貨車ゆきぬ渡橋をくぐりなほもゆくべし

くらがりにわが手觸（たふ）りしはひそみたる菊の無數の固き蘂なりき

背後

「卵のひみつ」といへる書（ふみ）抱きねむりたる十二の少女にふるるなかれよ

夫の寡默にがんじがらめとなるいまのいづかたにひらめき冬の花々

押し黙り人はみてをり食べる時間寝(い)ぬる時間のずれゆくわれを

けいけいとなにを企む夫よりものちに死にたしとおもひたる日は

硬質

白き耳直立(すぐ)ちまなこ閉づるとき夕光(かげ)にして兎は秀づ

羽田へ着陸の飛翔旋回圏わが吐く息も雪ある架橋も

灰白の巨いなる蛾ら匍行せん灣(いりうみ)を冒す無涯のこんくりいと

頤より下に炎(ほ)明りあれば對(むか)ひゐてわれらとことはにさびしき人々

くらがりに夫がめがねはきらめきつ虚ろに硬き硝子質のまま

わが死（しに）を禱れるものの影顯（た）ちきゆめゆめ夫などとおもふにあらざるも

したたかに雪降りしゆふねずみ取仕かくるこゑの若く徹るも

殺鼠劑食ひたる鼠が屋根うらによろめくさまをおもひてゐたり

わが連想かぎりなく殘酷となりゆくは降り積みし雪の翳くろきゆゑ

赤き繩

かかへ切れぬほどのくらやみ碎氷の音絶えしのち氷置場は

五十ばかりの扉（ドア）を閉（さ）しつつ病院と云へるわが家の夜更は來むか

小さき磁場渦巻きゐるべし雪の夜のわがかたはらのラジオの圍（めぐり）

わがうちの暗きになにかは顯はるるたとへば黒き森のごときもの

呻吟の間歇ありしはきのふにて黄なるが澱む死(しに)の時間は

どの病室(へや)も花を愛せり人間のいのち稀薄となりゆくときに

冬のメスむきむきに光る灰色になりたる夫の髪のうしろに

椀

人生の簡素を賞(め)でて五十年遂にめとらざる兄をもてりき

黒漆(こくしつ)

この部屋のいづこにひそみゐるならむ猫よ全開の瞳をもちて

繡佛の目鼻おぼろにうすれゆく日かげるはやき壁の只中
はつかにもわがいただきにこん日の光は殘る瞑りあれよ

化粧

みづからをみづからの手であざむくにいかにか愉し化粧といふは
髑骨のみ秀であらむよ終(つひ)の手に粧ひがたきわが顔にして
いかなる花にも埋めがたき髑骨を亡母(はは)ももちまししし棺の中にて
糸杉がめらめらと宙に攀づる繪をさびしくこころあへぐ日に見き

手套

パンジーの花首あまた皿に浮べほのぼのしきをとめをわれは怖れん

水死のオフェリア顯つはしばらく水に搖れただよへるあはき花びらのゆゑ

マリヤの胸にくれなゐの乳頭を點じたるかなしみふかき繪を去りかねつ

落しきし手套の片手うす暗き畫廊の床に踏まれあるべし

わが夫がわれの如くに歌詠まばおそろしからむとおもふ夜つづく

轉生

矢繼早に蒔きたる黑き種子割れて雙葉となりぬ罪科のごとし

わが蒔ける未知の花どもひしめきて多慾のわれに一夜せまりき

曇る硝子うしろにありて血を切ると吊りし鯨肉(くぢら)のしたたりやまず

鯨の血白きタイルに流るるをみてゐきしづかにちからを溜めて

夏のくぢらぬくしとさやりゐたるときわが乳(ち)痛めるふかしぎありぬ

瞼

おほき薔薇の花瓣の縁(へつり)捲きそめぬかさなれる瞼(まなぶた)とリルケは言はむ

ガスタンク遠(をち)にしらみて沈みゆくひぐれ蒼白の薔薇を咲かしぬ

東京の片すみに薄暮はたゆたひつ薔薇咲く幸福の刻(とき)を怖れよと

遠き濤(なみ)

琅玕（らうかん）の色に空張り雛芥子の莖みな纖き針金となる

かがやける白布裁たれつわれは置く熟する前の濃緑のレモン

倒影

謝罪すべきいくばくの生活（くらし）とめつむれりしかあり、やがて更に瞠（みひら）き

刻（とき）ずれて打てるふたつの時計ありひとつはそびらの暗き部屋より

まなこゆく一隅にして逆光のひらひら赤き魚は逆立つ

倒錯の小世界あり球形のガラス器に映りカンナと吾と

黑き肝臟（レバー）の血をぬく仕事に耐へむとすもの溶けにじむごときひぐれに

水の睡り

蟬の羽のごときものを着てあればさらはるるいまかとかたく目を閉づ

いづかたかにはこび去られむわれありつおもむろに小さくかろくなりゆき

すきとほりわれはねむりつ身のうちのものことごとく吸はれ果つれば

野の禱り

キリストの讃歌あがりつ野の禱り栗の花群繁（はなむらし）みたつあひより

栗の花の異臭たちたる青葉がなか鎮まりゆくも神讃（ほ）むるうたは

典雅なるものをにくみきくさむらを濡れたる蛇のわたりゆくとき

えたいの知れぬ激情をもちて青年は馬にひとむち呉れてゆきたり

未知の森

硫黄と火降りたる太古の街ありきソドムといへりゴモラといへり

峽傳(かひ)ひきたりしとどろきおもむろにいまちかづけり霧の底の貨車

青ずむまで黄なる硫黄は積まれつつ霧のたむろをいづる無蓋車

はるかなる黑き森はも身ふるはむわれのみぞその位置知れる森

燦く蘗

聖水とパンと燃えゐるらふそくとわれのうちなる小さき聖壇

杜の中なる驟雨(にはか)にていななける馬あり邃(ふか)き未知よりのこゑ

忽然の死(しに)よ到らむその樹間わが黄の服の華やぐなれば

洞(ほら)

わが肩に頭髪に黄炎の捩れつつ見えざる死(しに)を遂げゐる白晝(まひる)

きつつきの木つつきし洞(ほら)の暗くなりこの世にし遂にわれは不在なり

石鳥

有限者マリヤの肌を緑色(りよくしよく)に塗りつぶしたるはシャガール　あはれ

膨るるうみまなぶたにありふふみゐるかぎりなき魚卵をわれは怖るる

廢車の窓に朱(あか)きゆふぐも流れたり喪ひしものを限りなく所有す

甕甕

ガラスの鐸(すず)鳴らし家族を食事に呼ぶはかなかる日のわたくしごとと

溶暗

霧の中くぐれる列車にわが着たる黑き木綿の織目緊まりぬ

あるときは空に突き刺さる山嶽をわれは戀する人間よりも

飛行(ひぎやう)

岩山に凍死の捲毛をみなにてセガンティーニ畫く「奢侈の刑罰」

わが頭上飛白のごとく雲飛ばん冬夜はふかきかがやきに充ち

椿の花の赤き管よりのぞくとき釘深し磔刑(たくけい)のふたつたなひら

はやてのごとく過ぎ去りゆけりものみなを掠めつなににいそげる飛行(ひぎやう)ぞ

石鳥らソドムの森より翔(と)びきたりしかもきらめく尾羽をもてりき

火

朱き空より遮斷機しづかに降(お)りきたり自轉車あまた押しとどめたり

雪の中の桑の木

雪をみてをり雪止まざれば踝(くるぶし)まですべすべの少女とわれはなりゆき

少年を拒める少女雪ふれる水の邊(へ)にして堅き桑の木となり

破片

ノートル・ダムの雪の夜の內陣かかる刻(とき)いかなる厚き罪をはらむや

時間

どの窓も傷口となるさん然と雪厚らなる街の照りいで

美しき嘘多きてがみを布きねむるブリエル・シャネルの匂ひを噴きて

落差

雨の日の陸橋をゆくにわがさせりスウラー畫く黒く深き雨傘(かうもり)

直線は死に繫がらむふた筋のれいいるにぶしよ雨に光れば
油澱む水のおもてに浮びたる卵白の太陽をわれはまたぎつ
藍に濡れし甍つづけりさむさむといまあたらしくわれは燃えむよ

『薔薇窓』抄

刀剣

うはしろみさくら咲きをり曇る日のさくらに銀の在処（ありか）おもほゆ

焼却

鯉のぼりの大き眼球せまりゐて繁（しじ）に青葉となるを怖るる

ゆだやびと花の模様をもたざりきその裔にして生（あ）れしきりすと

人を憎しみねむる睡りのゆれてをりこのねむりなぜにかくも搖るるか

血尿と失禁に苦しみし自殺者も死（しに）は清しと信じゐたらむ

人形はかたりかたりと首たふれ唄へり淡きテレヴィのおもて

芥子群(むら)は花首曲りて戰ぎたり惡魔は痩せをりとおもへる時に

燒却はくちづけなりき雪片の封書に赤き火を移らしむ

てのひらに餌をのせつつ鳥を寄する老婆よ寺院のごとくに昏れぬ

半身

その酸味鮮紅ならむよ原生の茱萸は雲疾き斷崖(きりぎし)の上

赤きものなべてを怖る微量なる赤色(せきしょく)ただちに死を致す色

山百合はみえざりし花形をあらはしぬ荒草の谷日翳りし時

貝殼のひかりとなりし月の尾根われの死後にも若者は生きよ

編む

わが立てる硝子窓を暗くなしみえざる空に雁渡りたり

詩人(うたびと)よ

オルゴールの暗部に動く小さき歯車(ギヤ)　歯車(ギヤ)のめぐりの薄ら明るむ
ステレオは微熱を持ちぬ昏れがたの風さわぎゐる硝子戸の中
again again 暗き箱よりうたひをり呼びかへすもの絶えてあらぬを

蔓刈り

ふるさとを憎めり人の出生の混沌と雪片の塊(マス)あるのみ

人々の罪淺からず佛壇のうちら黄金(わうごん)に燦きし家

母系

水仙の葉むら直ぐ立つところより酒賣観音あゆませたまふ

いくつもの木綿の袋にわが充たす　黒き白き斑らなる種子

赤きかぼちや火精(エルフ)となりてころがれる西風吹ける夜の長椅子

養老院の原型を示し焼けし野の央(まなか)にあらはれいでたる礎石

火起りしたちまち逃れあたはざるあまたの老女(らうによ)ら立ちてまどひき

あるひは砂礫に混り掃かれたる骨片のひとつわれかもしれず

天女飛天刷りたる中國の切手一枚を購（あがな）ひ疾風（はやて）の街あり

生きざまの儚かるときわれにくる浪費の天分ひとつ信ぜむ

靜かなる暴力われ猫一尾をみな子三人（みたり）をしたがふるとき

女棺

カーネーション薔薇牡丹（ぼうたん）の蒸るる中死は硬直をいそぎてゐたり

癌の轉移礫（れき）のごとしも總身に脈絡なせる若きしかばね

癌細胞冒し得ざりしは毛髪と長き睫の水晶體

むかしにて癌ありとせばかなしからむたとへばかのモナ・リザと癌

光と嵐

發眼の魚卵、羊歯の胞子見え　雨夜蟠るものをおそれき

わだつみのいろこの宮魚の宮ま青（さを）なりけむ鱗（いろこ）ひかりて

雷

救急車影なき路上を走るとき尻尾（しりを）の如きもの引かざるか

忽然と人ゐぬ厨水口に赤きトマトの相寄りにけり

薔薇窓

冬眠永眠ならずうすあをき蛙子ねむる朽葉の下に

疾走の鹿とどまりて振りかへるふたつの眸なにも見てをらず

わが片手空(あ)きをり　堅き寝臺にて臨終(いまは)といへど空きて垂りゐむ

尖塔雲刺す寺院に薔薇窓の高く盲ひし刻(とき)を痛みつ

寺院シャルトルの薔薇窓をみて死にたきはこころ虔(つつま)しきためにはあらず

風の夜の黒きコードを洩れてゐるひりひりと小さき電流ありき

げに星夜ヒマラヤシーダに觸れてゐる糠星いくたびかスパークせり

零る

軋み戸を引けるときしもあな供華は氷菓のごとくこぼれ落ちたり

花を摑む

Death More（もっと死を）なる褐色のくすり冬の夜のねずみを取らむ薬なれども

氷壺

玻璃幻想乗せゆくまひるの汽車ありき枯野をよぎるましぐらなりき

いたましき器（うつは）なるらむ薄き玻璃くれなゐのぶだうの液充つるとき

抽けるほど白き鶏（かけろ）の走る窓　喪ひし陶片にあらじか

山尖る閒（あひ）の盆地に人等痩せ寶石研磨の術を遺せり

襤褸（らんる）の中寒風の中に燦き　碧玉（サファイア）を磨るジルコンを磨る

愛されず　人を愛さず　夕凍みの硝子に未踏の遠雪野みゆ

降りしづむ雪の波状は野山よりわが寝臺の上を掩へる

熟睡(うまい)せる旅人ひとり垂れてゐる毛布は遠き雪野につづく

懲罰のごとく雪積み閉ぢゐたり氷の壺となりしみづうみ

新雪に落ちたるめがねの玉ひとつあなかきうせて　行方しれずも

瞳

水仙に萼はありしやなかりしや空あをくしておもひいでざる

鳥の章

舳先に一羽の鴉とまりゐて鴉は水の上にも映りぬ

わがうしろりくぞくと姿増しゐたりいづこよりぞも溶岩の群

生ける鷹旋回しつつ虚空なる高き朴の香（かをり）に遇ひけむ

われの目にふとしもあかるき洞ありてたかはらの青き木の實墜つるを

憂はしくこそ

秋の夜の白き手袋外科醫わが家人手指（いへびとしゆし）を勞はるなれば

病棟に人の死にたるゆふべにてあまねき平和ゆきわたりたり

神の指

専横なる愛の證（あかし）と一頭の鹿撃たれけむ雪原の上

寒き皺立つる潦（みづたまり） 越えむとしいつぱいの藍われに充つるよ

淡黄のめうがの花をひぐれ摘むねがはくは神の指にありたき

黄金印（わうごんいん）

鮎のごとき細身の鐘塔を作りたるジオット・ディ・ボンドーネ麗はし

汝實る勿れ、 とキリスト命じたる無花果の實は厨に影する

毛の抜けるほど辛き辛子を溶きてをり硝子の微光かぎりしられず

亂立の針の燦（きらめき）一本の目處（めど）より赤き糸垂れてをり

月の夜にわれゆき合へり薔薇に手を灼きて死にけるかのメフィスト

硝子戸のうちに落ちたる蟲ピンの消えむとして燦く良夜

月光の中なるものら皆逃るさびしき燐寸をわが磨りしかば

『原牛』抄

ひなげし充つる

風

ゆきずりに眸縋りしくれなゐに唐がらしゆきリヤカーゆけり

薔薇と赤子

唐突にわれのきたりし高原に青樅(もみ)匂ふ　さびしといはん

うたびとは蹌踉たりし　さうらうとしづけきをゆるせしぞ　むかし

薔薇と襤褸(らんる)と赤子はひとつものならめ涸れたる風の林を過ぎゐる

亞麻布は蝕ばまぬ布　亞麻布は月のひかりのたぐひに見るべき

神はあらね攝理はあると影のごとふと隣人の呟きにけり

月光

あやまちて切りしロザリオ轉がりし玉のひとつひとつ皆薔薇

奇數

ひとつかみ卓上に置く銀杏(ぎんなん)の小さき角目あひよりにけり

散らばりしぎんなんを見し　かちかちとわれは犬齒の鳴るをしづめし

冬の麻

インク壺にインク充ちつつ　凍結のみづうみひびきてゐるも

心臓形の草木の葉をおもふなり目の前に少女鮮やかなるときに

球

タンブラーに水湛へきてふいに逢ふつらぬくごとき白きいなづま

生みし仔の胎盤を食ひし飼猫がけさは白毛（はくまう）となりてそよげる

美しき球の透視をゆめむべくあぢさゐの花あまた咲きたり

晝の視力まぶしむしばし　紫陽花の球に白き嬰兒ゐる

死神はてのひらに赤き球置きて人間と人間のあひを走れり

赤ん坊はすきとほる唾液垂れをり轉がる玉を目に追ひながら

猫は庭をみる針の目に　ゆめのやうなるいきものとなりて
胡桃ほどの脳髄をともしまひるまわが白猫に瞑想ありき
いつしんに樹を下りゐる蟻のむれさびしき、縦列は横列より
みどりのバナナぎつしりと詰め室(むろ)をしめガスを放つはおそろしき仕事
みしみしと骨摑みあらそふいづこにかせつぱつまりし愛情に似て
スコットランドの　荒地の　ヒースとふ匂ひ草匂ふまま晝の柱時計より
鳥の胸とあかきトマトを食べをはる曇れる街の地平は見えつつ

原牛

瀝青（れきせい）

めぐりなる山脈（やま）瀝青の香をもてりピアノの高音打ちてあらそふ

雉の鋭（と）ごゑおこりくさむら戰ぎたりこころ異變に飢うるさびしき

わが服の水玉（どつと）のなべて飛び去り暗き木の間にいなづま立てり

霧

美しき擧手をわれみつ斷崖の小徑に自動車（くるま）の擦れちがふとき

秋の炎天

現像液にフィルムを浸すつぎつぎに萱山の萱あらはるるのみ

原牛　作品原牛　日本の裏がはを旅して

原牛

氣泡のごとガラスを吹けり海の家纖く光れる管の先より

ひとひらの手紙を封じをはりしが水とパンあるゆふぐれありき

小刀（メス）を砥ぐふときこゆ　うしろにてつね小刀をとぐ音はきこゆる

薄命ならざるわれ遠くきて荒海の微光をうつすコムパクト

「ラビ安かれ」裏切のきはに囁きしかのユダのこゑ甘くきこゆる

毛髪を解かむ鏡にうつりゐてわが顔の原寸ある怖れ

海底に嵐の氣ありさわさわとみどりの爪をもつ蟹のむれ

二十四本の肋骨キリストなるべし漁夫は濡れたる若布を下げて

海の邊に砂飛ぶ戸あり、蒙古斑するどき嬰兒を筵に置きぬ

豆殼をちろちろと焚くあな危ふ　青天使赤天使土より飛びて

蟲となり砂上にかぎろふしばらく　われ呟けり「砂丘・鳥取」

砂の線つね崩れつつささやけりわがみぎひだりまたうしろにて

原牛の如き海あり束の間　卵白となる太陽の下

屈葬に石を置きつつ稲妻のするどかりけむ海のかたより

風媒

ジョットの壁畫の罅（ひび）をつたひゆく畫の鼠に小さき齒あらむ

悲傷のはじまりとせむ若き母みどりごに乳をふふますること

風媒のたまものとしてマリヤは蛹のごとき嬰兒を抱（いだ）きぬ

魔王

しゃらんぽん　古き時計は椅子に凭れしねむりの上に打ちたり

耳はたれも胎兒の形　海の風つよまる夜の硝子戸ありて

水平線の下なるあまたの星はみゆわれは見えざる星を信ずるに

おほき翳り菜畑の黄金（わうごん）に落ちゐたり　突如聴くなる魔王のうたを

父よ父よとわれの悲鳴の走らむに菜の花暗しまなこの暗し

氷とぶだう

スパークはどの病室（へや）なりしわが前に煽風機のつばさふと停みしなり

死をかこむ柱の如き人々をかいまみむこと境涯の端

日記

夜半ふいにわれに向きたる汝がめがねいぎりすの古き修道院より

テームズを霧のとざさむことあらば汝のしらざる母をたしかめよ

灰姫

妄想はひとの小さき頭腦より　ボンボンは硝子の壺に溜れる
石の窓閉ざしたり　いちにんの窓を怖るる病者のため
黑峠とふ峠ありにし　あるひは日本の地圖にはあらぬ
靴を落しながら走りし灰姫はテレヴィの隈に消えむとすなり
さびしき學者晩年になししひたすらになしし「割れ目」の研究

黄衣

壁の一部とおもひゐたりし廣告がとある時間に飢餓の目をする

雪藏

日本のくにきれぎれにありしとぞかの劫初なる冥き斷絶

少年は少年とねむるうす青き水仙の葉のごとくならびて

劫

（Kalpa）作品　劫　北のみづうみを中心に、山脈や野や舊い町などを

劫

地獄沼あるところより密林はわれを追ひゐき車を追ひゐき

原生林そこに盡きゐる斷崖に嵌まりしみづうみ動くことなし

ふしぎなる緯度にわれをり青蛙樹上にをりて產卵をせり

原始恐怖　おほいなる杉のうしろより動かぬ黑き水をみしかば

水中にみどりごの眸流れゐき鯉のごとき眸ながれゐき

城主は高きにのぼる軍兵(ぐんぴやう)のよするまぼろしを四邊に置きて

ひとつの城ひとつの峯とむかへるに津輕のひろ野ま青(さを)なりしなり

築城はあなさびし　もえ上る焔のかたちをえらびぬ

かいまみし妻は緋鯉なりにし赤き胸びれに米をとぎゐし（津輕昔噺(むかしこ)）

夜の部屋にみひらきゐたりこの家の央（まなか）に水の死にたる井戸のある

つがるびと　わがあとさきにあゆみをりあゆめるところしづけき家竝

北國のそらあかるきにわれはみし夜空に惡魔（デモン）ねぷたうごくを

白き浴衣おほき張子人形（はりぼて）の下に浮き闇あるところ　祭とはなに

風衝

噴水は疾風にたふれ噴きゐたり　凜々（りり）たりきらめける冬の浪費よ

いはれなき生理的恐怖　そらまめの花の目、群るる人のあたまなど

キリストは青の夜の人　種（しゅ）を遺さざる青の變化（へんげ）者

一本のみどりのらうそく燃えつきしまはりにちらばるぎんなんのむれ

かの背中（うしろ）のうつくしきを知るはわれひとりキリストは茫々とものを忘れあゆむ

しじま

ひとりゐておのづからにしめつむるはひとつのしんじつをわが言はむため

かの黒き翼掩ひしひろしまに觸れ得ずひろしまを犧（にへ）として生きしなれば

ひと夜われむかひてゐたりゴヤ描く「巨人」なる繪のおそろしけれど

無音

走るバスに球形タンク見えをりて全容となるときにあやふし

逆光に球くろみたれおほいなる球はみづからの重みにとどまる

球形タンクをちこちにころがるむさし野の未來圖を思ふ　ふとも謐(しづ)けき

黄道

黄道

雪の日に幻過ぐるごとき

鐵柵の鐵のあはひに降るなればそこのみ激し雪のふりざま

てのひらに卵をのせてひさしきにさわだてるべしとほき雪の原

刻むごとき齒の痛みあるゆふべにてうしろをみたり　うしろは壁

雪の日にめつむりてふと箱は見ゆ　箱は死海の形なりしか
出口なき死海の水は輝きて蒸發のくるしみを宿命とせり
ばりばりと頭髮を鹽に硬ばらせ死海より生れきし若者のむれ
卓上にたまごを積みてをへしかば眞珠賣のやうにしづかにわれはゐる

うつくしき

澄む日ざし窓にありつつ地球儀の半面のうしほたかまりゐたり

『葡萄木立』抄

葡萄木立

雲ある夕

池の邊(へ)にコンクリートの濡れをりき黒き魚跳ねいで黒き魚死にける

水中より一尾の魚跳ねいでてたちまち水のおもて合はさりき

黒き水なにゆゑぞつよくゆれしかばみなそこに白銀の太陽ゆれたり

いうびんを受けとるべく窓より差しいづるわが手つねなる片手

流失

たれかいま眸を洗へる　夜の更に　をとめごの黒き眸流れたり

葡萄木立

卓上の胡椒の壺ありたかはらの星とひかりをむすべる夕（ゆふべ）

青蟲の目鼻かすけき切創に似つつうすらに繭吐くあはれ

人は死ぬことのあらじか透きとほるめがねをかけてつねあり經（ふ）るを

たれか投げし命綱あり　きらきらと葡萄實れるそらに光りぬ

月蝕をみたりと思ふ　みごもれる農婦つぶらなる葡萄を摘むに

うすらなる空氣の中に實りゐる葡萄の重さはかりがたしも

かたかたと機械うごける葡萄庫（ぶだうぐら）自働人形歩めるごとし

口中に一粒の葡萄を潰したりすなはちわが目ふと暗きかも

原不安（げんふあん）と謂（い）ふはなになる　赤色（せきしよく）の葡萄液充つるタンクのたぐひか

一匹の蛾の翅よぎりし駭きより暗がりのそここに蛾は泊りゐる

葡萄庫（ぶだうぐら）に蛾の簇生す　むらがる蛾と蛾のあひに葡萄の玉見ゆ

盆地に雲充つるけはひ暗黒の葡萄液美しきシャムパンとなるべく

いまわれはうつくしきところをよぎるべし星の斑（ふ）のある鰈を下げて

聴こえざりき

いにしへの狩獵文にて人も馬も兎も蝶も前に飛ぶなる

いづこにて死と繋がる水仙のみどり葉ひしひしと球より立てるは

死者は毒をかもさん棺(ひつぎ)の中　おもむろに安置のとき過ぎしより

北の靈

山羊の小屋わづかにひらき雪つもる　女性(によしやう)のごとく山羊はをりたり

こどもようしろをみるなおそろしき雪の吹溜藏王(ふきだまりざわう)は冷えてゐる

みちのくの岩座(くら)の王なる藏王(ざわう)よ耀く盲(めしひ)となりて吹雪(ふぶ)きつ

なぜに山はかくも盲(し)ひつる　燦らんとして雪眩しきに

おほいなる雪山いま全盲　かがやくそらのもとにめしひたり

海鳴

かんぬきを嵌めたるガラス窓の中海はしだいにのしあがりたり

夜の海森のごとくに鳴りをればノートルダム、と誰かは呟く

海の邊(へ)の明るき時計店に入りしより古りしカリエスの傷いたみいづ

龍舌蘭の陰なる時計職人はま白き鼠族の齒をもてるかも

爪

硝子戸に鍵かけてゐるふとむなし月の夜の硝子に鍵かけること

告別は別れを告げわたすこと　死の匂ひより身をまもること

美しき把手（のぶ）ひとつつけよ扉にしづか夜死者のため生者のため

遠き眸

スクラムを揺りつつうたふ揺りうたふあなほのぼのと揺ることのあらむ

麥の日

いまだ顯はるる傘のむれあるべし日本（にっぽん）に速斷ゆるさざる傘の量あるべし

王宮襲撃の家婦らにあらざるを石の道走るこどもを負ひて

傳はるは未聞（みもん）のをとめの死なりしか土足の下よりあらはれにけり

さびしふと空晴れゐたりかの黒き傘の大群いづこに行きし

麥の針きらきらと光り永世、中立あるごときまひるか

啄木鳥

青蟲昇天

青蟲はそらのもとにも青ければ澄むそらのもと燒きころすべし

いま書きし手紙に嘘のあらざりしか拔けあがるほど山脈（やまなみ）晴れしを

啄木鳥

霧流れ　木の間に流るるつかのま啄木鳥（きつつき）の木つつく音をやめさせよ

孤獨なるきつつきの貌（かほ）みざるなりその掘りし木の洞（うつろ）をみるのみ

晩夏光おとろへし夕　酢は立てり一本の壜の中にて

木立の家に無數の壜の立てるなれ　立つとふことといかにさびしき

飲食（おんじき）ののちに立つなる空壜のしばしばは遠き泪の如し

枝よりきし鶲（ひよ）のさへづり取りいでし魔法壜の中に入りてしまへり

鶲は胸をかきむしる鳥　あかるき銃聲にますぐに落つる鳥

石の草

點血を眼鐘の端（はし）に置きつつまどろむ外科醫ふいにめひらく

人形

續・人形

標　しるべ

鐘のごとくわれはこたへむ星一つ暗き我が家にこぼれ落ちなば

そこに在ること　ただあるのみにて燦然と小さき硝子の壺よ

柿のつめたき　柿のおもたき　なべては柿の朱のためならむ

一瞬のわれを見いづる父なく母なく子なく銀の如きを

魚の目よりふと血涙のこぼれをり　たとへば鮟鱇（あんかう）の凍れる目より

湖の種

メロンの果(くわ)光る匙もてすくひをりメロンは湖(うみ)よりきたりし種(しゅ)ぞ

星のそら意外に低し隣國中國の大いなる飢餓押し黙る

片手

片手

小鳥は止むなく餌を欲る雪の日に　か繊く高き體溫のため

わが肺のネガフィルムを透かしみよ一本の黒き柿の木立ちたり

完全に斷つことの出來る手　外科醫は剛毛の刷毛もてもろ手をあらひ

片手より片手に渡す鍵ありて夜更の藥棚を閉ざしぬ

かのザビエルの片手は　右にありしやひだりにありしや

怖しき母子相姦のまぼろしはきりすとを抱く悲傷（ピエタ）の手より

まふゆの夜月差す廊下盡きしかばわれ銀髪となりて彳む

白き鳥コルクのごとく泛（う）きゐたり遠き水より光差しつつ

白鳥は水上の啞者わがかつて白鳥の聲を聽きしことなし

めざめをりき　母子像

みどりふかし母體ねむれるそのひまに胎兒はひとりめさめをらむか

ふとおもへば性なき胎兒胎內にすずしきまなこみひらきにけり

草の上の星

白骨はめがねをかけてゐしといふさびしき澤に雪解けしかば

懷胎女(みごもりめ)葡萄を洗ふ半身の重きかも水中の如く暗きかも

秋の人

そこにありつつ見えざりし人ふと在りて秋の日微かなるわらひをぞする

天秤の目盛のかげにわがみたり死をよそほへるうつくしき秋を

小さなる心臟燃えて赤子はあらしの夕母(ゆふべ)に抱(いだ)かれぬ

織子

烏瓜の花よりうすき宿痾手にあらはれわが手に月の夜のうすきハンカチ

眞夜中にとり落したる皿ひとつ若し山あらば山巓にひびくべし

わが額（ぬか）に月差す　死にし弟よ　長き美しき脚を折りてねむれ

銀

摘（と）り出でし膽石をシャーレに落す音　小さき隕石の落つるに似たり

裏海の波みゆるところ廢坑の奥ふかく盡きし銀の脈あり

うち深く空洞となりし銀山のしかも暗夜に耀けりとぞ

かりかりと晝のねずみはみづからの小さき骨を嚙ることあり

穀倉　作品「穀倉」　土佐の旅より

麥熟るる夕明(ゆふべ)るみ鐵道はあからさまにここに盡きゐる

かうもりは大いなるがよき　目鼻ひそかにかくるるがよき

美しき信濃の秋なりし　いくさ敗れ黑きかうもり差して行きしは

一九四五年秋　蝙蝠傘(かうもり)の黑女(こくぢよ)山あひに吸はれ消えにき

ゆきずりの硝子に映るわが深處(ふかど)骨歪(ひず)みたるかうもりはある

死にし者白晝にわれを誘(いざな)へり　青き蚊のごとく立つ弟よ

ありがてぬ甘さもて戀ふキリストは十字架にして酢を含みたり

暗き岬に暗き椿の咲きなば燃ゆる吃音のごとくあらじか

椿山うしろに負へる暗き家あなさびしきミシンの音す

指す

胎児は勾玉なせる形して風吹く秋の日發眼せり

一人の女みごもる暗部を指して立つ苦惱(くるしみ)ふかき繪を記憶せり

陣痛は正則なりき窓より大いなる都市かつ歪み見ゆ

走る犬

ゲッセマネの蛾は重からん　美しき石材の家に羽搏きて

青き木に

風

洗ふ手はしばしばもそこにあらはれたり眩しき冬の蛇口のもと

白き鶏吊せるところ吹きすぐる寒風はひしと高貴なりにき

椅子にして老いし外科醫はまどろみぬ新しき血痕をゆめみむため

市街

鳩の蹠(あなうら)美しくして市街の虛空より虛空に閃き渡りたり

ヒューズ切れしごとき瞬間　なにかはばらばらとなりし瞬間
鐵骨にのぼりゐし者鐵骨より剝離せり　この偶然をみるなかれ
茫々と暑氣ありし午後過熟兒は生(あ)るるすなはち掌をひろげたり
父が與ふる匙をとり落すをさなごよ汝は摑まむとこころみながら
をさなごの指を洩れゐるものあまた花絡(はなづな)のごときもの　星のごときもの

密雲よ

頭髮をますぐに梳きて機上にあり雲と虛空のためによそほひ
機上なるわれは滑らかわが手より顏よりなべては滑り落つるを

魚座といふさびしき星座はいづこなる　人間よいちどは訪（おとな）ひてみよ

ぬひとり

ものの音なき部屋にして感じをり山の百合さわがしくひらく空間を

『朱靈』（完本）

西冷

西冷

咽喉毛(のどげ)ふかく垂りてつつしむ鳥をりうすじろきそらより舞ひてきつらむ

卓上に塩の壺まろく照りゐたりわが手は憩ふ塩のかたはら

人間のかうべの上によぢのぼりひらかむとするたちあふひのはな

光苔あらはるるごとひかりいでし樂音ありて秋暗く晴る

*

西湖畔西冷印社の朱泥を購(か)ふときまさに西のそら冷えゐたり

雪鉢

遊蝶花(パンジー)の一花(くわ)を過(よ)ぎりわれは暗む　遊蝶花はちひさきちひさき花なるを
避雷針異樣にかがやく刻經(とき)つつ羽蟲なす雪くだりそめたり

*

わがめがねひだりの玉の脫け落ちてしづくのごときは垂りしとおもふ
くだけしはうすきガラスのたぐひにてかなしめるこゑどこにもきこえず
かすかなる發光體となりてゐつ雪は黑きすみれの上にも
心臟の上に引きよせし生みの子の手首つめたし白晝淡し

鉢に盛りし雪の結晶溶けやらず恩寵とは假空のものながら

ひえびえと鏡の中より迫れるは昵懇のわが目鼻ならずやも

斑雪地に敷きしより遠き方人來るごとし人去るごとし

床(ゆか)とほく滑らかに照る　銀貨を落せるところ銀の飛沫散る

睛る

このゆふべさびしくぞ睛る一本の指の爪ふかく切り込みしかば

瞬く

さながらに假面とみゆる白椿赤き椿は咲きいでにけり

布をとれば大き人形の寝てゐたる子供部屋のうすやみを怖る

扉（と）のすきに眸ひそかにとどまれるをのこ兒（ご）紙のこどもともみゆ

ちらちらと行手に走りいでつつをさなごはわが空間を盗む

わがかたへか纖きこどものきてすわり日の照る庭に見入りけるかも

肉親の汝（な）が目間近かに瞬くをあな美しき旅情をかんず

この子供に繪を描くを禁ぜよ大き紙にただふかしぎの星を描くゆゑ

たはむれて冷き床（ゆか）にまろべるをかなしむごとくうち伏すこども

枇杷の實が夕日の中に搖れてゐきクララの金髪をわれはおもひき

めの前に片手をあげて走れるを　つね影として走るをさなご

影鳥

夏至のよる一羽のみみづくめざめゐて人ねむるうすき闇を支へゐし

鹿の醫

ガラス拭きの藥液を塗りし硝子の部屋靄より白く乾きそめたり

淡青と薔薇いろのあぢさゐの玉を配す花は配在のためにゆめみる

いくつものめがねを置ける小卓に薄暮のごとき夏至いたりたり

わが肩にかさなりてひらくをとめの眸に遠き海の時化走る

異國の鹿の醫者より來し手紙白き封書の封を切りたり

ひとりなる食事をはじむすくひたるスープの中に鹿とゐる人

斑なる日光の中藁のごと女鹿は纖きおもてをあぐる

南半球陸まばら人まばらにて秋の落實（らくじつ）地に燃えわたる

玉蟲

雲の午後鏡に映りゐしわれよボンネットの婦人の如く

あな遠く市街の中空（ちゅうくう）にくるま流れ玉蟲ほどのひかりとなりゐき

中國の麻のハンカチ薄ければ身につけしよりかきうせにけり

等身の鏡にあゆむ　現(うつつ)よりふとたしかなるわれの足どり

赤き花抱(いだ)きよぎれる炎天下いくたびか赤き花のみとなる

一れんの眞珠を外す胸もとの漠たり積亂雲は光りぬ

ゆふぐれと白燈のひかりわけがたく蛾は草いろのタオルに來る

母子

なにぞそも長(をさ)のむすめは母なるわがまへにきはめてしづかにわらふ

魚

いなびかり

いなびかり射せるたまゆら水槽に立ち泳ぎする魚の群

魚

薔薇の火

水蝕の崖の夜ふかく抉れをり水は眸の如くひかりぬ

しづかなる雨降りいでて止みしよるあぢさゐの花硫黄を含む

さかのぼる暗き魚群に魚體無し　魚は目のみとなりて遡る

魚と魚觸るることなし透きとほる流水の膜魚をへだてたり

青草に月差すごとく明るめる昏き魚洞に魚の影ゐず

魚の目に流水絶えずやはらかき鰭暗黑の石にふるるる時
魚のぼり魚刻々に冷ゆるとき魚は寂しき薔薇の火を得る
川底に沈める大き星の群　魚精は狹霧のごとく亡びぬ
跳躍せる一尾の魚魚の目は或る夜に黑き杉森をみき

哀泣

わが目より沒する魚の行方あり　かすかなるゐまひ　ゆゐしらぬゐまひ
梅雨のあめやみし夜光りいづる星うしろに暗き伴星のゐて
朴の花天邊にして結びたる青芋蟲のあをき實いかに

わがまへにいづこの水面（すいめん）ぞあらはれて魚はちひさき顔を連ねき

くれなゐの鮭の子海に行かずして姫鱒となるふかしぎありき

變身せるうをの子泳ぐ山川のうつくしき瀬よさみしらに見ゆ

硝子鉢に水充ちてをり紫陽花のおほき花萎えて襤褸（らんる）となる

縁（ふち）赤く彩られたる宗教畫たかつきに小さき魚をのせたり

晩餐はうるはしきかな　ゆふぐれの水明り額（ぬか）に映らふ

泣かむとし泣かざる汝幼子のちひさき百合根燐をともしつ

水に走る魚あらば魚よと呼びてみよ魚を呼ぶこゑ透きとほるなり

夏ながら白き手袋を嵌めてゐるなんぢが呼ばむ魚青きなり

をさなごが魚呼ぶこゑす、キリストが魚よ、と呼びし哀泣のこゑ

薄明

廣東産支那の家鴨の玄卵(くろたまご)食へるゆふべの運河のあかり

刈草

ざくろの木空に伸びたる尖端に寂(せき)たり緋(ひい)の花ひらきそむ

夏澄むに悲痛せむかなあたらしき中國に老殘の宦官ありとして

小庭の隈なりながら草刈ればもろもろの靈は逃げむとぞする

白毛(はくもう)をかむりて立てる四、五本のタンポポいめのごとくより添ふ

くさむらを刈りしが庭よりのぼりきて或影はふかく椅子に沈みぬ

やはらかく陽のあたらざる蝸牛(くわぎう)の身殼いつぱいに充ちくる憂ひ

老猫が日々に捕ふるわが池の小さき赤き金魚に聲なし

黑聖母

めのまへにちかづくわが子の足小さし顔小さしふかき手提を下げたり

かたはらを過ぎゆく汝(なれ)が大き手提、手提の陰に汝は失せながら

をとめごの前齒かすかにあらはれぬをりしもひとつの微笑のために

スペイン、カタルニヤの御堂のおく顔面眞黑き聖母立ちたり

上膊より缺(か)けたる聖母みどりごを抱(いだ)かず星の夜をいただかず

くつしたを微風に吊しまどろめり流れやまずもうすきくつした

紙靈

見えぬ花火間なく爆(はじ)けつ　町裏のここかしこ鈍き音はひそみぬ

屋上に暗きシーツの垂りてをり微風なき夜の花火の音

掩布(おほひぬの)掛けし撞球臺はみゆ寂(しづ)けき死の位置を示せる如く

灰色の腦やはらかし父死にし日に咲き垂れてゐし栗の花

一匹の蛾を塗りこめし痕（あと）とも油彩のひとところ毳（けば）だちてをり

人死にて二十年の部屋にたたずめり寝形のごときはかすかうき出づ

みどりふかし　なにものかの胸の手にあたらしき爪生え替りをり

ゲーテは大き寝臺に死にしかないますこしひかりを、などと呟きて

死は絶えて忌むべきものにあらざるも　死の惡臭は忌むにあまるべし

木賊のふしに琅玕のみどり差すところ蟲けらのたぐひのぼりゆきたり

魚鱗をりをり與へし木賊の堅き莖分明にして石に影する

美しき紙靈は立つひと日わが成したる反古を眺めてあれば

父生きてありし日の肩大きかりし　摑まむとしてつね喪ひき

父の忌に白き猫らの屋根にゐるなにごとをかかたらふごとく

高窓に釘の頭(づ)ほどの星あらはれかつは消えたる未明をしらず

樂想

ヴァチカン石誌寂しくぞある生きものの生きながら石となりたる圖鑑

茸のごと朽ちざりしゆゑ紙のごと燃えざりしゆゑ石と化(な)りし者よ

夕微光うつくしければ硝子を這ふ青蟲に青き酸ありとおもふ

樂想に似たらずやかのマンモスが黄色(くわうしよく)の和毛(にこげ)もちてゐしこと

マンモスが大き臼齒に磨りし草　坪すみれなど混りゐたりしや

草食はさびしきかな　窓なる月明りみるにひとしく

氷鉢かたへに置きて人去りぬしろがねの髪焚く火のごとし

ほろほろ鳥

いつせいに風吹く向に走り去るほろほろ鳥のほろほろの羽

夫(をつと)をりてわたくしむかふ朝卓(てうたく)にはげしき直射日光ありき

切手

書を移すひと日ありけり書のあひにをとめなりにしわが聲ひそむ

藏ひ忘れし切手の赤　をりにして不發の花火なしておもほゆ

硝子戸を閉（さ）すべくのぼりし二階よりあな美しき空地はみゆ

ひかりなき家並の彼方たまたま犬はひとりに歩道をわたる

壁がたふれる　廣き道作るかのあたり空中斜めに壁たふれたり

蒼白

ひと夜屋根にのぼらむとする老藤（おいふぢ）の青き蔓の手總立ちとなる

不問

塀の上折り返す猫柔かしあたり眩ゆくなりし月の夜

猫のごとくねずみのごとく人のごとく疊をもとほるけはひに覺めたり

家ぬちのくらきに棲みてそこはかとまぼろしなせるもの音を問はず

冷卓に冷食の鮭薔薇いろにわがくちびるの色消えやすし

塩の壺空（から）となりゐつわが家のいづこにも塩なき時間過ぎをり

一尾の鯛のうろこに流れたる夕ぐれの水赤く走りぬ

つめたき床（ゆか）に立つみゆ全身に縞あらはれて怒りたる人

夫（をつと）怒り妻うなだるるにあらざるも寂しゆふべの硝子光れる

首のべてものをたうぶる　あなさむき首ににくしみを享けてたうぶる

*

遠景のものなりければ十月のわが小家族てのひらに載る

鳴響

とりいでし牧羊の鈴を床(ゆか)に落す鈴の音すなはち遠街(をんがい)をさまよふ

薔薇菓子

秋の時計壁にかさなりて時をうつ音さはに打つ　わが目の大きく

日おもてのビルの陰よりビルのぞき首都ふかぶかと屹立せり

なぜにかく男子(をのこ)ばかりが押し合へる　時計修理承りどころ

わが着物つめたくなりて近づけり街の閃光流るるかたへ

みざりしや菓子職人はカステイラに完璧なる薔薇を搾りぬ

街路樹の明るきひとときなりしかなわが鼻緒ひつそりと切れたり

火山　くわざん

火山

怪速のくるまふたつがすれちがふ婆娑たり婆娑たりし音を聴かざりしや

*

湖霧(うみぎり)の流掩へる石の卓ここに葡萄を吸ひし者あり

密々と霧うごきつつ湖は鈍き月面となりて消えゆく

富士ふかく傷つけしより山巓にむかへる道のしろしろと冷ゆ

*

山上の耳にしきこゆわが家の暗きに小さき犬は吠えむか

朽葉をつたひてわたる秋山の淡きいなづま音をともなはず

荘嚴なる機械となりし樹海原黄變（げんくわうへん）の樹木犇々と組む

早き氣流顔にふれをり　つぎつぎにながるる目鼻きれぎれにゆく

ありありと富士の電光とたたかひし落葉松（からまつ）は黄金（わうごん）に澄みたり

わが指に一本の煙草　富士山のうすき空氣に火は燃えながら

黄金（わうごん）は鬱たる奢りうら若き廢王は黄金の部屋に棲みにき

金の部屋銀の部屋さびしくあらめ　あをく澄みたる鏡の部屋も

廢疾の王とおもはばかの暗き水面のごとこころ搖らがむ

山腹に小火口あまた穿ちをれど天つ日のもと火口に火なき

火皿なす火口の縁（ふち）に沒しゆくわが足　草の足ともみゆ

無限時間無限空間に架りゐるすなはちわれの缺落ふかし

膝抱きて砂礫の上に坐りゐるうしろに異形（いぎやう）の山巓そびえき

蟻地獄ひそめるごとき側火山めのもとにひとつふたつならざり

富士深く呑みゐる二つ舊火山影ずれてゆらぎいづることのある

高山の富士おもむろに空中に影のばしゆく怪をみてをり

透影の黒くぞみゆるをちこちの下界の枝に胸張る百舌は

しづかなるいなづま差して浮きあがる山の大斜面壊(く)えをり

大崩壊(おほがれ)谷をここよりおそれのぞくべし落石(らくせき)こだまし富士の膚赤かりき

ききをればうしろのかたにも音ぞして寂しき石はくだりゐるなり

富士はいまぼろぼろなれば絶えまなくいづこにか石まろびつつあり

枯野人（びと）氷穴（ひょうけつ）をうかがふことありて富士は無し富士は濃霧（ガス）に沒せる

霧の中富士をゆく道絶えしかばあまたの白き樹のむくろ見き

倒木の白幹斜面になだれ伏すここにしも死はひらめき過ぎしか

月見草の黄熱（くわうねつ）をもて走りたる雪富士の雷（らい）音なく消えにき

雪風に結ぼれし二本の立木みゆ結ぼれし故に死にし立木みゆ

岩角を曲りしところわが眸白雲塊の恐慌（パニック）をみき

熔岩體富士をつつめる雲塊のたむろ白光を發しつつあり

直立歩行者われら虚空に辿りゆく火山の腹を巻きたる徑を

盲(めし)ひたる雲ありかがやける雲あり透きとほるくもの累(かさなり)うごかず

雲の陰にひとつの雲おとろへてあなくらがりはそこにのぞきぬ

雲のきれめ白昼ほのぐらくしてこまかき星の滲みいづるを

暗き天星を湛へてさびしきに　その透間さらに黒暗の宇宙見ゆ

*

雲海の底なるひびき富士を割るダイナマイトの鈍き音きこゆ

灰かぐら

嚴冬にこよひ入るべく窓硝子手の爪などの光りいでたる

さむき夜寒き鈴ひとつ鳴りしかばのべし友禪を高貴となせり

うつつなるわが在處（ありど）のわれにみえ夜半の硝子雪にしらめる

山川のたぐひつぎつぎに退（す）さりゆきふかき雪の谷あらはれにけり

廢線の軌道に降れる雪しづか　かの枕木の凹凸微か

硫黄を埋めし雪の山々聳てりおそろしき囁きはきこゆる

白き夜の雪の斷崖絶えまなく雪の微粒の滑りつつあり

友禪を裁ちていねし夜剝製の白猫はわが寢目（いめ）にみえたり

近づきし猫漠々と白かりき目鼻いづれとみえがたきまで

白猫(はくべう)と信ぜし猫のひたひにて灰かぐらほどの混り毛ありき

ふと猫はみえずなりたり白き猫いづこにか消え　大き鈴殘る

水の城

雪の翳ますぐに落つる足もとに絨毯の彩(あや)泛きあがりつつ

こぶし大の雪らんらんと落ちしかばみるみるに春の硝子暗かりき

＊

人なき手術臺上に漂へりかの水上の城シュノンソオ

未開人激痛のために培へる暗く大いなる芥子の花ありき

外科醫の影法師におびゆ外科醫の夫或るとき壁に巨大なりしかば

電氣メスに電流入りたり一室にたまゆらつめたきさくら戰ぎたり

一切は單純直截となる執刀者人體を赤く開く時

白堊室一千燭の光源下孤獨の外科醫のみは燃えゐき

雪洞

澄む硝子一日くもらず聽きをれば白盲の富士空に荒れたり

點々と雪に咲きたる月見草富士荒るる日の眞日向にみゆ

ねむらざる限り凍らぬ人體を仄光る雪洞におきておもへる

山頂より一氣に下り落つべしと地圖にはあらぬ冬の富士の道

柚を切る庖丁より發したるひかりたまゆらの閃光なりき

綠色のストーヴ人なき一室に焰怪異に太りゆくめり

みたりともみざりしとも樂人フォン、カラヤンの黑き口中

あらはるるとふ

司祭館の靜寂を破る他者ならず司祭の立つる堅き靴音

しろき空の一隅窓にみえながらみえざる花のおぼろにかたまる

僧のためのみちしるべと聖堂の扉に貝を浮彫にせり

茨城の波打つ濱にまろびゐし砂鐵きらめく大きはまぐり

長身を踞めてきたる聖職者いづかたかに見しもののごとしも

ガーベラの無數の花瓣反りかへり黒き火の粉は聖堂に飛ぶ

氷片のひらめきはみゆ彌撒（ミサ）重く斷（き）れつつ續くひまひまにみゆ

受洗のみどりご白しあふ臥に抱（いだ）かれて光る水を享けたり

疾風はうたごゑを攫ふきれぎれに　さんた、ま、りぁ、りぁ、りぁ

さびしあな神は虚空の右よりにあらはるるとふかき消ゆるとふ

首いまだすわらぬ赤子を連れ去りし我子たちまち人中にみえず

回生

平らなる雪街硝子に明りをり灰色の首巻をわれはひろげつ

エレヴェター眞紅（しんこう）の扉閉ざしたり絹の博物館に雪降れり

電氣仕掛のかひこの模型うごきゐてかひこはときにくびをもたげつ

人造の桑の葉の上人造のかひこ瑪瑙のごとく熟れたり

白絹の上にりくぞくと生れゐるつめたきかひこ盲（し）ひし目をあぐ

くびれたる白繭の中耳あらぬさなぎの聞ける遠き點鐘

無人の埠頭に雪飛べる見え　檣見え　ケースの中に絹冷えゐたり

音あらざりき

かぎりなく解けゆく毛糸の玉を追ふ猫の目黄綠にふりかへりたれ
猫などが立ちあがるときみるみるに人間よりも巨きかりけり

*

二月四日美しき金曜日暮れむとし今をりし飛行機空にをらずと
めのまへの灣に落ちし飛行機を　然り、人も神もみざりき
巨大なる物體飛行機虛空より落ちし影あらず落ちし音あらず

幻

天狼星燃ゆるがに寶石を置くところ硝子冷えたる街をあゆみゆく

*

厚き雪かうむる光無音にて街燈は坂の上に立ちたり

廢軌道きたれる電車の亡靈はありありと雪の辻を曲りぬ

水明

たまご割りて黃味のながれいでしことうすき寒さのごとくかなしむ

若木植ゑし午過ぎてより眞珠は海綿にぬぐひしひかりとなりぬ

あをぞらの隅より垂るる藤の花白き灰色なればねむたし

かひこはかのつめたさを得しならむ絶えざるかすけき假睡(まどろみ)により

水底に朽ちたる木の葉にとどくさまおもむろにして春の落葉(らくえふ)

消燈ののち月光の及びたり鍵束をかけし釘ある壁に

南風の夜の月明水中に沈める死者は椅子に居りにき

月に向くちひさき木菟(づく)のマントオの羽毛は徐々にふくらみはじむ

木の葉なすみみづくの手が生肉を摑む夜頃にわが覺めてをり

薄ら目をあけつつみれば眞夜中の木菟(づく)は赤膚鉤の爪なりき

孤兒

白い紙こまかにこまかに刻みゐるこどもはうしろに立つ者をしらず

暑熱微茫　破屋に幼兒イエズスは赤き柘榴の實もて遊びき

伐られたる木株あたらし年輪の渦に吸はるる遊蝶のむれ

ものかげにタクトのごときを振りてゐる少年にみえざる從者のあるべく

しろき兒は孤兒（みなしご）のごと洗はれてやはらかきマットの上に立ちたり

去來

玻璃の戸の張りつめたる冷室にたうもろこしの粒の螢光

墨色のレーダーとなり直線に飛ぶ蝙蝠に羽音あらざり

かうもりの飛ぶなる部屋はかうもりの飛ばざる部屋よりしづけさ充つる

ねむりゐるかうもりは枯葉の如しめざめし蝙蝠汝は大いなる

一片の藻の破片なる蝙蝠は頭上を去りて頭上にきたる

いづこにか鈍き水面光りたり人みしことなき水の光るか

高原の夕闇の中かうもりは薄き皮膜となりて去りたり

しじま

午後二時の陽の差しくれば忽然と窓邊にあらはれいづる木の幹

もののおと立てざらむとす網の上大き鯛の眼球焦げをり

天使

天使　No. I

つくつくぼふし三面鏡の三面のおくがに啼きてちひさきひかり

＊

ゆくりなく振り向きしときわがみたり飼犬が階段をのぼりつつあるを

犬などがことことと階段をのぼりゆくひたすらなるにわれは微笑す

氷庫より化粧水をとりいづる白露節九月八日のあした

錆びし時計のちひさき龍頭を巻きぬかすかなる音をたてて刻みき

石像の羽なりながらあなさびしふさふさと負へる天使の羽

しづかなる秋の陽ありて一對の羽は生ひいづるすがたをもてり

*

眞晝の草生かぐらき　遠近（をちこち）に擦り合はすこほろぎの薄羽閃く

長き毛を垂りて敷物の上歩く飼犬は室内を薄明となす

あきらかにものをみむとしまづあきらかに目を閉ざしたり

いづかたよりきたりしものぞ熟麥の黑き穗立は眸に戰ぐ

高層の一室にエア・コンディションきこえざる風雨の音を立てたり

老醫師がわが眼底をのぞきつつつぶやきたることば短し

懸命なる囃子はきこゆ秋日中馬鹿囃子ともきこゆるほどに

夾竹桃うちさわぐ上　白團々　黑團々の雲はうごきゐつ

兩眼をとぢておもへばすなはち盲目とは密雲の如きか

＊

石塊を抉り刻める天使像直陽(ちよくやう)のもとまなこをうしなふ

双眼のふかく盲ひたる石(せき)天使劃然と移る西日に立てり

post card

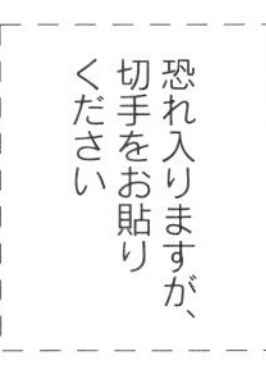

810-0041

福岡市中央区大名2-8-18
天神パークビル501

書肆侃侃房 行

フリガナ
お名前　　男・女　年齢　　歳

ご住所　〒

TEL(　　　)　　ご職業

e-mail：

※新刊・イベント情報などお届けすることがあります。　不要な場合は、チェックをお願いします→□
著者や翻訳者に連絡先をお伝えすることがあります。　不可の場合は、チェックをお願いします→□

□注文申込書　このはがきでご注文いただいた方は、**送料をサービス**させていただきます。
※本の代金のお支払いは、本の到着後１週間以内にお願いします。

本のタイトル	冊
本のタイトル	冊
本のタイトル	冊

愛読者カード

□本書のタイトル

□購入された書店

□本書をお知りになったきっかけ

□ご感想や著者へのメッセージなどご自由にお書きください

※お客様の声をHPや広告などに匿名で掲載させていただくことがありますので、ご了承ください。

◀こちらから感想を送ることが可能です。

書肆侃侃房　http://www.kankanbou.com　info@kankanbou.com

おかげさまで
20周年！

書肆侃侃房
Shoshikankanbou

山中智恵子歌集

水原紫苑編

本体2,100円＋税　978-4-86385-531-1

「私は言葉だった。」

短歌の韻律に乗せて人間存在を徹底的に問うた歌人・山中智恵子。代表歌集『紡錘』『みずかありなむ』『夢之記』を完本で収録する。

うつしみに何の矜恃ぞあかあかと蠍座（さそり）は西に尾をしづめゆく
（『空間格子』）

わが生みて渡れる鳥と思ふまで昼澄みゆきぬ訪ひがたきかも
（『紡錘』）

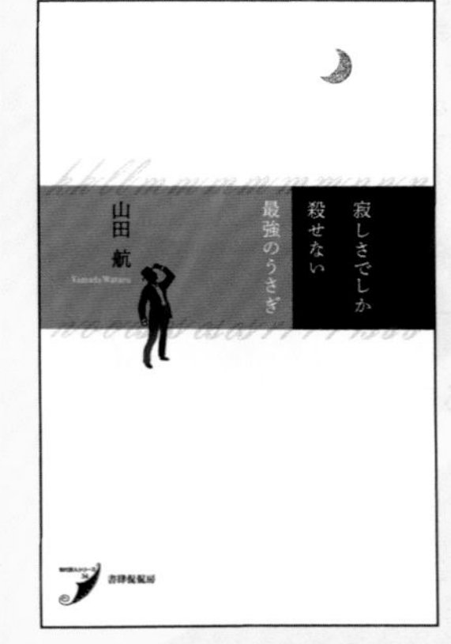

現代歌人シリーズ34

寂しさでしか殺せない最強のうさぎ

山田航

本体2,000円＋税　978-4-86385-527-4

雨宿りやめる決意を君はする止んだのか濡れる気かは知らない

小説的な企みのなかに、「ひかりってめにおもい」ことや「夏が動く音」、「手渡し」の危険さといった日常に潜むスリルが散りばめられている。ふいに出現する口語の息遣いに虚をつかれた。──江國香織

猫の頭蓋骨は小さい　手に収まるくらいの量の春つかまえる

手渡しは危ないからさテーブルに置くよ紅茶もこの感情も

電線で切り刻まれた三日月のひかりが僕をずたずたに照らす

紹介！

てくれる≫

うに振り合う

汁　戸田響子

4-86385-360-7

erで話題に！

レーズンすべてほじりだしおまえ

にしてやる

合に花びらが降る　短歌の黄金地帯をあなたとゆっくり

の境には日傘がいっぱい開いていた──加藤治郎

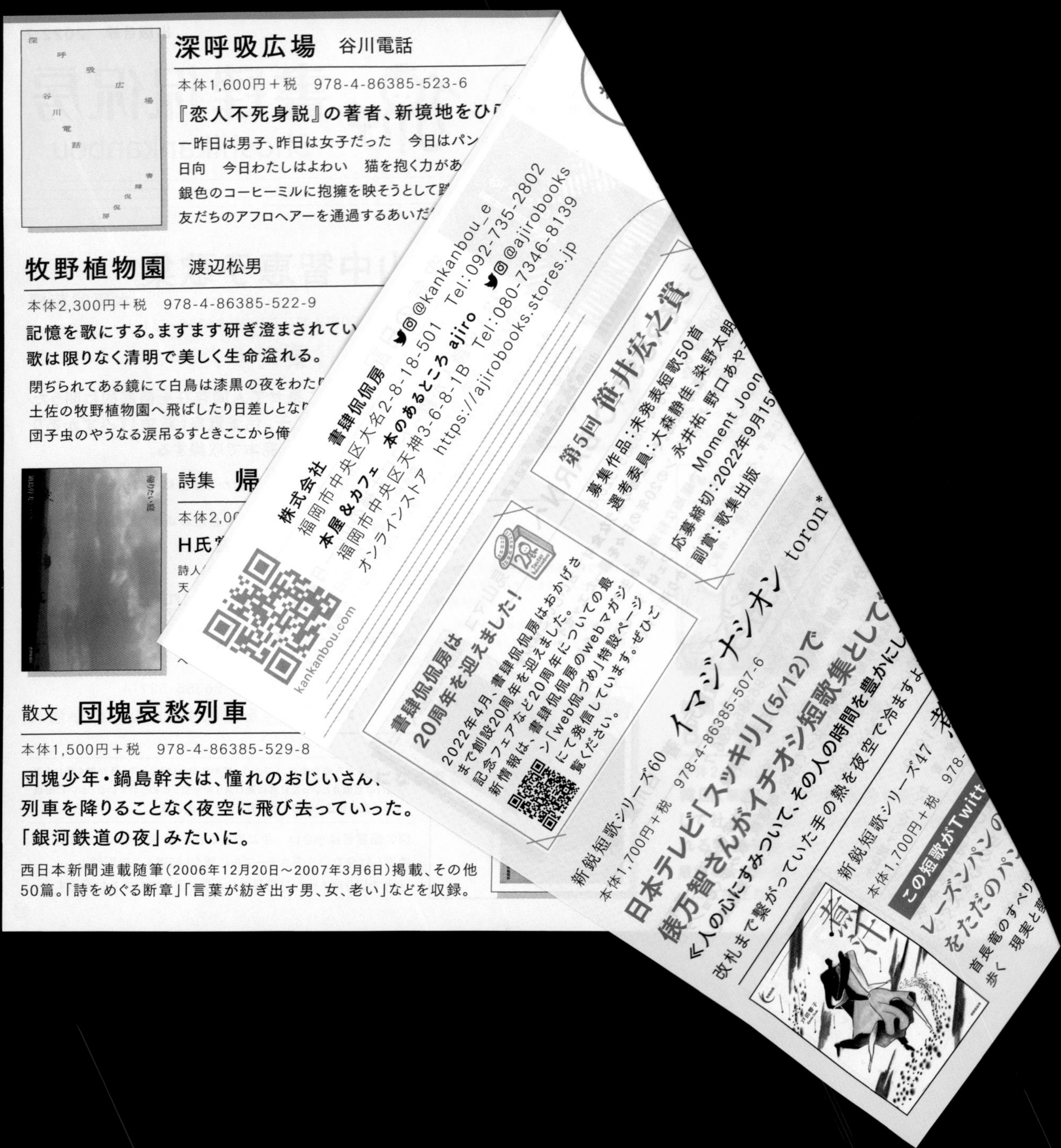

深呼吸広場　谷川電話

本体1,600円＋税　978-4-86385-523-6

『恋人不死身説』の著者、新境地をひ

一昨日は男子、昨日は女子だった　今日はパン

日向　今日わたしはよわい　猫を抱く力があ

銀色のコーヒーミルに抱擁を映そうとして踏

友だちのアフロヘアーを通過するあいだ

牧野植物園　渡辺松男

本体2,300円＋税　978-4-86385-522-9

記憶を歌にする。ますます研ぎ澄まされてい
歌は限りなく清明で美しく生命溢れる。

閉ぢられてある鏡にて白鳥は漆黒の夜をわた

土佐の牧野植物園へ飛ばしたり日差しとなり

団子虫のやうなる涙吊るすときここから俺

詩集　帰

本体2,00

H氏

詩人

天

散文　団塊哀愁列車

本体1,500円＋税　978-4-86385-529-8

団塊少年・鍋島幹夫は、憧れのおじいさん、
列車を降りることなく夜空に飛び去っていった。
「銀河鉄道の夜」みたいに。

西日本新聞連載随筆（2006年12月20日～2007年3月6日）掲載、その他50篇。「詩をめぐる断章」「言葉が紡ぎ出す男、女、老い」などを収録。

株式会社　書肆侃侃房　@kankanbou_e
福岡市中央区大名2-8-18-501　Tel:092-735-2802
本屋＆カフェ　本のあるところ ajiro　@ajirobooks
福岡市中央区天神3-6-8-1B　Tel:080-7346-8139
オンラインストア　https://ajirobooks.stores.jp
kankanbou.com

書肆侃侃房は20周年を迎えました！

2022年4月、書肆侃侃房はおかげさまで創設20周年を迎えました。記念フェアなど20周年についての最新情報は、書肆侃侃房のwebマガジン「web侃づめ」特設ページにて発信しています。ぜひご覧ください。

第5回笹井宏之賞

募集作品：未発表短歌50首
選考委員：大森静佳、染野太朗、永井祐、野口あや子、Moment Joon
応募締切：2022年9月15
副賞：歌集出版

新鋭短歌シリーズ60　イマジナシオン　toron*
本体1,700円＋税　978-4-86385-507-6

日本テレビ「スッキリ」(5/12)で俵万智さんがイチオシ短歌集として

《人の心にすみついて、その人の時間を豊かにし

改札まで繋がっていた手の熱を夜空で冷ますよ

新鋭短歌シリーズ47　煮
本体1,700円＋税　978-

この短歌がTwitt

レーズンパンの
をただのパン

首長竜のすべり
歩く　現実と妄

あまやかに匂へるものはまろびゐつ密毛ふかき青き桃　白き桃

夜釣の水中ほどに明るめるわが眼底に草の陽は差す

頬杖を突きてしあればニイチェ云ふかのぶきみなる客は來ざるか

天使は不圖おそろしき顔をしたり柱の陰よりこちらを向きて

わが家の廣き床（ゆか）滑る、滑る、滑る、滑らむことのうつくし月夜

みゆるなり

朝床のめざめにみえて一羽の鳥飛ぶはつねに視界の隈より

北邊（カオス）

わらわらとかたち崩れし土山がめのまへに復元するまでの時間

うすれたる絣のごとき意識にてねむれるに非ず覺めゐるに非ず

無限野に渦狀亂流せし水の痕跡みえざる影とし顯ち來

直陽（ただひ）差す机の上にうごきゐる薄き時計の精密あはれ

荒起せる土塊のひとつひとつづつ生ききたるときカインを怖る

夢魔としもあらはれいでし地平あり地平をおほふ摩周火山灰

赤天

樹根爆破震撼せしより　にはかに澄める高き日輪

熊笹はひかりてぞいづここかしこ鈍き日の斑(ふ)を貼りつけし如

土深く傷つくところ奇怪なる樹根はそらに向ひ逆立つ

無人野に人をりといふ安心は人をりといふ不安に通ず

一夜野におほき火暈(ひがさ)をたもちゐし孤燈のありかゆくへしれずも

みえがたくはるかなるかた車體なきキャタピラの輪のかすけく廻る

わが目にねずみ花火のごときものふたたび走り過ぎし白晝

蝦夷松の太幹遠空にたふれたりあをきそら森閑と據點（きよてん）をうしなふ

てのひらに鳥の毛ほどの草ありて草はわが目に映じゐるなり

晴天の空漠の暈　人をりて曠野（あらの）をひらく火藥の暈

*

廢屋に小卓ありて卓上古きめがねのつるの立ちゐき

音なき桂の一樹金葉（きんえふ）を降らする彼方土は火傷（くわしやう）す

あをといふ黒馬とほく立ちながら硝子に嵌りしごとくうごかず

草原にかすか非連續の部分ありて茜たたへし水の澄みゐき

ひえびえと感光を増す空中に落日（らくじつ）の變起りゐるなり

無人の野おもむろに翳る一部分タールの如き黑となりゆく

苔類の貼りつきしツンドラの夕明（ゆふあかり）地表の果にうすびかりせる

半球に明る赤天（せきてん）　一本の遠き電柱を芯となしつつ

腐るべきもの腐らざる寒冷の悲哀を掩ふくれなゐの天

海の明り

ゆふぐれにおもへる鶴のくちばしはあなかすかなる芹のにほひす

濕原の高草に透きて立つ鶴よ白き嚢（ふくろ）となりて闇にねむれ

海明り人をみちびく穴居跡わづかに窪み草の生ひしか

貝殻の棚にあふむきてひとりづつ暮らすされかうべをみたり

屈葬位白骨の胸郭崩れ落ち骨片星屑のごとく散らばる

練玉（ねりだま）の頸輪をそへし人骨にやはらかき肉づけをわが目なすべく

形骸なる髑髏のかほさながらに苦痛なるありやすらかなるあり

亡骸のあたまに甕を伏せしあり　古代の闇の黒かりつらむ

たたずみて人骨をみしやすらぎのいはむかたなし天の星流る

賢者（マギ）のめざめ

寝臺にまさやかなる目ひらきつつわがみたり大鴉、小鴉のむれ

カラスは薄明の湖上を飛翔せり音なきごとく音あるごとく

赤暗の煉瓦を築ける重き門ゆめの微明に消えし日のあり

刑務所に架れる木橋（もくけう）を渡るとき網走川に水流走る

晩秋に雨降り灰色の婦女われがまかり通れる刑務所の門

星宿としづまる牢舎（ひとや）にうごきをり黑星雲（こくせいうん）の無數の眸

熟瓜割くごとく背（うしろ）より、といへる比喩古書（ふるふみ）にあり　おもはざらめや

大き目をみはりをれどもさびしあな囚庭に入り心戰かず

コンクリートの歩床にうすら陽差すところ首の上暗くわれは歩むも

網走刑務所に女囚なし　房の天窓はつか明りて

氷華ふさふさと獄窓をとざしたりすなはち思想、犯罪たりし時

東方の賢者(マギ)のごとくにひと夜獨房にめひらきし囚なかりしや

鉛白行(かう)

北邊に樺繁(かんばし)みたつところ　白森林(はくしんりん)と覺ゆるところ

ときまれに形代(かたしろ)のごとただよひて密林のあひ人のもとほる

おほきつつき出沒せりアイヌ人(びと)雪解のごとく消えし森林

白き樹の白樺こぞりて揺るるなり冷たき藍（らん）の空をまじへて

バヴァリヤの廢王ルウドウィヒ嵌りたる湖水の緯度にちかづくわれは

塩の起原謎なるとき塩のうみサロマは暗き双眼にあり

不可解のものにしありや水中に身を沒しゆくつめたき奢り

濕原は湖（うみ）に溶け入るかすかなる草の尖端のみをのこして

オホーツク沿岸を北上する汀（みぎは）白地圖なして塩湖つらなる

オホーツク海と水平らなる湖沼群地球をひたすごとく鈍しも

曇るみづ曇れる天とけじめ無し　あなおほいなる氾濫とみゆ

一枚の眞黑なる畑起しあり湖岸に電柱のかたむくかたへ

帆立貝を霧の產物とおもへれば霧のあひなる殼うづたかし

オホーツク海に灰白の波荒れきたり內陸にひらめく金の鑛床

熨斗

消ゆ

清水（せいすい）を張りてしづめしをりからや水中にして硝子器みえず

姉妹

かくおもたき母の睡りをいづかたに運ばむとわが子の姉妹ささやく

腦の眞中に薄明の谷ありありと　ひるのまどろみ　ゆふのまどろみ

眩暈のしづけきときにあらはれて遠路をきたる紙の商人

石の如き小包一個とどきたるこの白晝をいかがなすべき

纖き纖き金（きん）のくさりに繫がれし姉妹わがためになにをか圖る

歸依

地球儀に灰色の波濤立ちそめて卵黄はわがのみどをくだる

人物はこなたをみたり　いちにんの人物の眸ふかくみむかも

兩眼に月光のごときを溜めし人人物とはわれの賴める

素馨を植うる土のつめたき空中に絹しらしらと流れてゐたり

＊

天使　No. Ⅱ

クロトンの黄なる落葉(らくえふ)消えうせて硝子室なほ閃光に充つ

ひとつづつ更なるひとつくれなゐのつめたき柿を食ひつくしたり

日光浴にわが血球はうごきそむ赤く貧しき球はしきりに

わが額(ぬか)に黑十字顯(た)つことなきか硝子室の隈々明(あか)く

まざまざと鳥の羽など生えてゐる天使くろがねの鍵をもちて急ぐ

空白し栗の木の日輪白し一枚の大き熨斗また白し

星形に少し歪めるミラノ市の古地圖をひらく栗の木の下

古き栗の木伐らむとせず栗の木はありありと灰色の風を作れども

晝しづかケーキの上の粉ざたう見えざるほどに吹かれつつをり

いざなひたまふな

あけがたのわが寢臺にちかづける帆船(はんせん)ありて人死に給ふ

木組み

柿の木に柿朱に熟すひるつかたかの家の上空冷えたり

おそろしき癒着のかたちなせるもの薢藷（とろろいも）をみて過ぐるかも

雨の日のくるまのおくにひとびとはちさきかほ閃き過ぐるならじや

風の向かはりはじめし空中に工人細き木を組みはじむ

大き男わが一室にもち込みし百合の花束うちふるひたり

解剖醫運びゆくメス人體の壊れし部分に今辿りつく

レモンを搾りひしひしと搾り死者の憂ひにこたへむとする

繪馬

とまり木より落ちたる木の葉みみづくは三日月形にめをひらきたり

直ちに除(の)けざるべからず鳥一羽墜ちたる場所はちひさけれども

一粒の辛子種より熱かりし小猛禽は火熱(くわねつ)をうしなふ

わが額(ぬか)のあふげるところ白馬の繪馬ある夜を暴風きたる

寢臺にたれびとをらず蟠る毛布はおほきぬけがらとみゆ

庭火

まろらなる蜜柑を置きて黄色(くわうしよく)のかがやきいづるを待てるつかのま

あはきめがねかけてわが書く杳(とほ)き町夕張の名は茜のごとし

もの燒くと少し窪める庭土にさびしき天の降(くだ)りくるかも

いづこにか鶴らしきもの啼くを聞く　くるる、くるる、とくびあげて啼く

そらに伸べし長き頸骨ふと折れなば傷ましき白き鶴と思へり

荒縄は縄の形を保ちつつ火中赤熱の火縄となりぬ

燃えてゆくマガジンの中なる種牛（しゆぎう）博士のごとくリボンを結びゐき

ほのほにかざすわが手に見入りたり手といふは切れ目のふかきものにぞ

円柱

鹿皮の手ぶくろをもて抱（いだ）きこし花瓣大いなる藍の遊蝶花

雪晴れし彼方の火力發電所ローマ廢墟の円柱なしたり

聖堂にかの日のをとめレース長く床（ゆか）に引きゆきしのちをしらずも

青雪

降雪のやみたる雪原をかへりくる犬の腹毛の暗きゆふぐれ

くれがたの雪の中よりひかりいづ田の面（つら）、薄き氷の池など

展翅板にこまかきピンのきらめきて霜降る翅を閉ぢし天牛蟲（かみきり）

頤（おとがひ）をつたへる空氣いづかたに流れうせしや薄燈のもと

隣室にもち去られたる小時計わが邊（へ）に堅き秒の音のこす

空椅子の円座亂れて午前二時無人無影のテレヴィ明るし

極月の雪しろしろと積りたりうさぎ取の黒きふろしき

活火山の北麓青光を發したり眩むばかりに雪降りしかば

冷菜

ふかしぎのことならざるもうす青き夜空より細き雨は降りゐる

火(くわ)の星の蠍(さそり)いでつつ口邊に杏仁の香の沁みし冷菜

ふる雨の暗き空中に熟れそめし枇杷の木の實の黄なるただよひ

枇杷の木はわが目のまへに幹なるを高き梢に熟實さわぎたり

枇杷の實が屋根打つときにいつの世のものとしれざるめがねかけをり

眞空掃除器（バキウム）の吸ひ込みし針、硝子片雨夜にきらめきいづることある

*

くちびるのあらざる赤き魚のゐて水面に泛きながくとどまる

薄毛の赤ん坊はわが子ならざるを薄日の庭に抱きてさまよふ

遠人

店頭に人去りしかば一尾の鯛の目玉の出血さびし

みゆる窓に重きアイロン動きをりなにものを熨すかは知らず

白き花むらがり咲けるひともとの遠木みるみるに花を喪ふ

深谷（ふかたに）に人ながら橋の落ちしとき四圍に雪山輝けりとぞ

遠人はつねにかうべを垂れてゐきかのさ蕨のうなだるる如

蝙蝠（かはほり）のごとく飛びつつとこしへに死ぬあたはざる苦痛者はみゆ

ワイパーの拭へる雨の小微明よぎりし黑き犬の尾みえず

空蟬

硫黄色の雲おもむろにひろがりて寒蟬は金毛を慄はす

玉の藝劍の藝など操れるテレヴィのおもてしだいに澄み來

疊のあひより古新聞のいできたりかの日の高官らしんと立ちゐき

おびただしき空蟬（うつせみ）のむれをみつ一本の椎小暗く繁りて

おそろしき顔とおもひて空蟬をしばらくはてのひらにのせゐつ

蚤などのごとくに飛ぶことのある空蟬をりて人のまどろむ

晝ながら庭のおく處（ど）にみえざるも木の根は暗きに蟠るよき

走りくる空車を透かしみることありま青（さを）にそらの晴れしゆふぐれ

ゆきずりに溢るるめがねめがねやのめがねにさやに夕光（ゆふかげ）みつる

天使 No.Ⅲ

雲厚き都市に透きつつ上下するエレヴェーターの黒綱重し

とほき街にとほき土穴　近き町に近き土穴直陽（ちよくやう）にみえず

くちびるの消えかかりたるちさき顔街路樹の下こなたに歩み來

昃（ひかげ）りて街のかたちをあらはせる遠街（をんがい）は無限珊瑚礁なす

いかなる深き水より咲きにけむ人病む部屋に菖蒲をみたり

草色の毛布掩へる腹腔に空虚を抱（いだ）きまどろめる人

黄白（わうはく）の葉をひろげたるセルリーに藥草の香のありてちかづく

玻璃の器につめたき飲食（おんじき）ありて奏樂天使奏づるきこゆ

人體の傷めるところ深きところコバルトは鉛のごときをうち込む

くろぐろと蓮ある池の片翳り翳れる部分に蓮の寄るみゆ

*

夕硝子透きつつあるを蛾と蝶の區別はただに重き腹のみ

蝶の羽ひらひらと昇る　ひらひらと　稲妻の部屋に上昇せり

酸の果

夏至のそら明るきに雨降りてをり膝の上なる寒き空間

若き力士に憂愁のありありと立つ澄む映像のたまゆらながら

元兇むらがるさまにみのりたる梅をみたる夜月光流る

空轉せる音盤の上月明に墜ちし酸の果旋回せり

なめらかな水流に足をとられゐる錯覺のもと月光あまねき

梅落つる窓に人の影立ちてたれかラム酒を少し燃やせる

假橋をわたる列車の最徐行落實(らくじつ)しきりなる夜にきこゆ

鴫

暗綠葉(あんりよくえふ)あふらるるとき風雨の中あらはに大樹の幹はみえしか

風壓に膨るる刹那みるみるに萎へむとする立木け白し

分水嶺押しなだれくる雨の量　晝の電燈を點じ聞きゐつ

山屋(さんをく)の土間によこたはりゐる犬はをりをりにして端坐をせり

硝子戸に銀河のごとく顕れし須臾の木の花その名をしらず

くちびるのあざやかなる秒刻を風雨は硝子窓に荒れたり

濡れし傘立つところより一すぢの水ゆるやかに流れいでしか

水にぶくコンクリートに流るるを酸鼻のおそれありて眺めき

うすぐらき壁にみえつつ聾（ろう）畫人ゴヤの肖像に浮腫少しありと覺ゆ

雲切れて高貴なる空のぞきたり　われはつめたきコップをもてり

水溜（みづたまり）いくつも繋がりゐるところ空漠非現實なるところ

夕べ來る一羽の鴫を映さむに地上にあまたの水溜あり

おろかなる犬といへどもわが投げし青草を咥(くは)へ走ることあり

風過ぐるたびにあらはに光り増す遠き木原の電燈淡し

窓の鍵差さむとなして光りたりゆふぐれに掘りし百合の鱗片

草の色にチーズの黴のひろがるを鴫の夏羽にたぐへおもひき

鳥刺の影などなきや薄闇に鳥を取らむと佇む者は

漆黒の夜に入るなれば木々にゐる黒き鳥類の黒き頭(づ)うごく

卓燈はふと暗みたり　草原を低く飛びたる鴫に非ずや

チュルリ　チュルリ　暗黒にこそ音(ね)は刻め草より飛びし草鴫のこゑ

くさはらに孤獨なる聲　非運ともいふべく澄みし鴫の聲きこゆ

さながらに盲目の杖　くらがりに鴫のとぶなる長きくちばし

森林をみる望樓は白濁の夜雲に透きてやがては見えず

月のひかりさびしきまでに差しをればいづこよりぞ桃の香は立つ

桃畑愛せしユダよみづからの桃の畑にくびれしや否や

脈搏の上にかさなり刻みゐる時計OMEGAの小月面

月光の中燦（きらめ）きて微小なる蟲つぎつぎに空中を過ぐ

月に照るしろき四瓣花　さわさわに　さわさわに搖るる一瓣足らず

天使　No.Ⅳ

皆既月蝕始らんとする市街の上重し中空（ちゆうくう）に浮きたる月は

月蝕の夜の室内に坐りをり仄暗き投網にかかれる如く

わが椅子の背中にとまる白天使（はくてんし）汝友好ならざる者よ

天使まざと鳥の羽搏きするなればふと腋臭のごときは漂ふ

月の夜の蛹うごかず繭透きてすみれとほどの影となりゐき

朱

朱

西遠く凍れる日なり一本のマッチくれなゐの火をかざしたり

人毛など少し混へし雀の巣ふはふはとさむき地上にまろぶ

新聞を閉ぢたるのちを平なるところに置かむゆふぐれの時

いま讀みしばかりに伏せし新聞の活字ありありとすでに匂はず

*

ゆふびかり差したる部屋にあらはれて立つなるひとりをとめ子ひとり

ひえびえとかひこの毒を感ぜしむ絹の衣ながく纏へる汝(なれ)は

わが家のはるかなる部屋に時はづれしめざまし時計は鳴りて止みにき

今宵の雪ふかくなりきつ卓上を大き藥罐(ケトル)の占めしばかりに

粉雪のうすくかかりし茨の木中心として雪は降り積む

蚊のごとくあそぶ雪片刃を入れしパイのたためる薄き空氣の層

わが前に立ちたる者を去らしめて冬の空間恍とひろきか

少年のもてあそぶをききをればかの人形は猫のごとく泣く

少年といへどいとけなき者が雪降るガラスに手を當てゐたり

蟹作りの水仙の白根泛きあがる水中暗し雪の日暗し

かほのへに雪翳くだりしきりなる短き午後の祖母と少年

ものを食ふわが手をりをりみづからの影の中なる雀に餌を撒く

わが指のかすかなる指紋のこりゐる菓子ならめちひさき鳥は啄む

汝が裸手摑むを菓子は拒みたりこの砂糖菓子壺にうつくし

子供はつくづくとみる　己が手のふかしぎにみ入るときながきかも

雪亂れ降るべくなりて一本の人參は聖(ひじり)のごとくに赫し

thalidmideの白き瞳(め)流る雪流る　出生怨恨の瞳よりも鈍く

目に充ちて雪降れるとき激しきときいづかたかははたとしづまりてをり

送電線重く撓(たわ)めりしろたへの雪鉛白となりしゆふぐれ

雪の空地ありとしおもふ目を張りてかつみえがたし雪の空地は

崖下の雪に閃光を流す家つかのまの高き燈火消えたり

魚は一尾の干魚なるときにうらかなし銀白なせる理由をしらず

背後を斷ちたる障子ゆふさりに青き楮（かうぞ）の花はただよふ

野に棲めるきつねの尻尾おもへれば尻尾は雪を掃きて走りき

暗き庭わが家の眞中に殘りゐき人の踏まざる暗き中庭

とり出でし古き朱泥を焙りをりあざやかにしも朱は蘇る

おそろしき中國の朱は拭ひたる朱はふたたび指に影なす

雪片やはらかならず風いでし夜のひととき天空に鳴る

すこしづつわが食べてしまふものとして口脣の朱をおもひゐるなり

幻火

球根よりますぐにいでて寂(しづ)かなるみどりの柄なりし白きちゅうりっぷ

春草のいただきに白き花咲きてほろびしゆゑに土の匂へり

をりをりは閃めくものの出入りして蟬の穴暗しひとつならずも

あらはれてふたたびみゆる夏草の亂射の中にみえざりしわれは

ともりたる電球に手をあてててゐる汝(なんぢ)少年を遠くよりみつ

眸やや暗しとおもひ擦るマッチわれにたふときしろき髪照らす

數本のマッチを折りて點（つ）かざる火さらに二、三本を用ひしめよ

白樺の林の火事はげにいかにあたりを眩しくせしにかあらむ

姥（うば）百合の根を食べて夏を越えたりしアイヌの脣（くち）は素黒かりけむ

莖少し捻れし薔薇の木尖端にのこれる花のおもたき搖れ

下半身影なる犬よ窓の邊（へ）にひとみを張りてしばしゐる犬

ゆふぐれはもの刻む音多（さは）なるを　刻みゐる者　刻まるる者

おそろしき音せしかたに電燈のかうかうと照りゐるをみしかな

散亂せる皿の大破片小破片微塵の破片も拾ひゆくべき
空間はしづかに充ちゐきものを割る激怒ただよひしのちの空間

しづく

さむき雨走りすぎたる廣場みゆこずゑ瑠璃光を發する樹木

冬の人

うすらなる窓のなかにて彼方なる瘦身火酒（くわしゅ）のごときを含む
わが手に光れるフォークゆふぐれに孤食の眸しづけくぞゐる
冬の人焚きし火を消す枯丘にましろき雲の移りつつあり

雑木林の中なる古き窯(かま)あとはおそろしきものも焼きしかにみゆ

道のへに杖をとどめし盲人(めしひびと)そら向くときにわれはかなしむ

祝宴にあな美しき人々の上半身の居ならぶを見き

空頭病(くうとう)といへるかひこのやまひありあたまつめたく透きとほり死ぬ

絹の上に一れんの眞珠を置くなればもろもろの死の重きゆふぐれ

＊

無影

さくらばな咲きしときこゆ猫よりも怠りふかき目をわれは擧ぐ

空港のロビーに告ぐる緩漫なる放送を漠たる旅愁と思ひき

夾竹桃くれなゐ遠く戰ぎゐて炎天の青深く傷つく

飛行機のをらざるしばし球場の明確をたもち飛行場あり

縞蜂の音とほざかりバルチック琥珀(アムバー)松柏の匂ひする

ひとすぢにあぐる悲鳴の純粋と聞きをり離陸のジェット飛行音

火の爆發利用して飛ぶ飛行機の腹より翼より火の舌は見ゆ

着陸のせつなしたたかに彈みたる機はみづからの影を追ひて走る

夕べの聲

蟬のこゑきけばかなしな夏衣うすくや人のならむとおもへば　紀友則

白玉　はくぎょく

雲南（うんなん）の白き翡翠をもてあそびたなごころ冷ゆ天日（てんじつ）は冷ゆ

夕べの聲

蟬

蟬捉へられたる短き聲のしてわが髪の中銀の閃く

冷魂

空中にかすかなる罅（ひび）明滅す　颱風すぎしひるのかぐらく

白橅（しろぶな）に白き晝の蚊消えむとしわが眸薄明をたもてる

くさむらに星雲なせる藪枯しすなはちびんぼふかづらの花は

悲哀はつねいくばくかの非現實かの青草の空地みゆるごと

山屋（さんをく）に人はをらずも　透きとほる樹脂の箱なる画鋲のきらめき

白晝のマッチの燐の白緑のうつくしくして火の豫想なし

陽を着たる一人の男低丘を迂回する道いま登りゆく

影といへど地上に非ず黯（くろ）々と火山（くわざん）の影の落つる空中

ごろん　ごろん　猫ほどの鳥が啼いてゐる明るき草丘とおもひき

かち合ひし玉おもたけれ赤玉（あかだま）の赤耀のひかり羅紗にとどまる

湖（うみ）の風つめたく吹きて球臺に散らばる　赤き玉　白き玉

赤玉をうすきめがねに染めつつひとりの死者たまあそびする

赤玉は神託のごとしづまるを　死者への禮（ゐや）ふかくしあれな

薄きガラスへだてゐる夜月明は暗き野山をまだらとなせり

夜のしづか　われに似る者硝子戸に老いたる鶸（ひは）のごとくうきいづ

漠々とときにたれよりも劃然とわがめさめをり午前二時過

蛾のふれし瞼を伏す摩周湖の摩周なす斷崖顯はるるべし

森をへだて月差す聚落の屋根の上あなしろじろと石を載せたり

われはひとりねむりを得るなるただひとりわがみづからの體溫により

塩の如宙に燃えをり西のかた月のひかりの及べる火山(くわざん)

水邊

水番の飼へる一尾の銀ぎつね犬よりもやや嗄れて鳴く

曇天鈍重にして檻にゐるきつねの腦のくろきかたまり

水邊に叢りて立つ青き草　地上初生の草にあらずや

微かなる頭痛に耐へるごときをり水門は水を滑らかに堰く

一尾のきつね遮るなればくもり日の水のひろごりかぎりしらずも

水番の脱ぎし長靴井戸よりも深し暗しと呟きて過ぐ

山のうしろに更にかがめる山ありて黒子（くろこ）の山とわが呼びならす

暗くなりし池水充ちて魚を取る　白き魚など取らむとするや

大き雨戸わが立ててをり谷あひより芒の群の光りいづれば

*

他界より眺めてあらばしづかなる的となるべきゆふぐれの水

虚白

ちゃんねるX點ずる夜更わが部屋に仄けく白き穴あきにけり

無人のテレヴィ深夜にひとり眺むれば耿々とわが心臓ひらく

豪雨となる市街の眞中眞夜中のテレヴィ美しき空虚を充たす

ヴァチカンを抱けるローマたとふればおほいなる緑の母岩のごとく

白(はく)テレヴィかすかに揺らぎ明暗の通路となせり風のごときは

わが家のいづこに藏へるきみわろきかのユトリロの白き贋作

雨の夜のテラスに漾(ただよ)ふごとくしてずぶ濡れのいきもののあたまちかづく

灰色の塩の塊ともみえ老いたる猫は硝子戸に寄る

白き雷わたれるガラス窓の外なにごとをか頼む猫をりき

猫とても合掌することあれば　寂しき雷鳴の夜にしあれば

*

草に落ちしゴム風船は皺ばみて汗のごときを吹けりとおもひき

みづからを否まむとする如くにもひしひしと歯をみがく者をり

鬱としてあらはるるダイヤの原石は氷糖の鈍きかけらなしゐき

空雷のひらめく透明となる空にかすかゴキブリの影はうごきゐつ

微小なるものを嘗めゐるあぶらむし月差す夜のわが目に見ゆる

青白き梨は硝子のおくにして油蟲のあぶらの目は動きたり

億年の化石にもゐる油蟲夜涼の天井に貼りつきてをり

ひとり去りひとりきたりて坐ること宿命として夜の椅子疲る

ゴキブリは天にもをりと思へる夜　神よつめたき手を貸したまへ

嘆

げにかなしき朝の光線ありとせば青笹むらを滑る光線

雁の食

蜜の果（くわ）はかすか割れゐつ北ぐにの白露（はくろ）流れし白きいちじく

天に近きレストランなればぽきぽきとわが折りて食べるは雁の足ならめ

遠き路上に救急車ゆく光の尾　恍たりガラスかがやく時を

白燈の下なる雁よ　皿の雁よ　天にはつかに光りし雁ながら

雁を食せばかりかりと雁のこゑ毀れる雁はきこえるものを

數枚の硬貨の釣錢（つり）をもてきたるうやうやしかも銀の盆にて

双眼をうちひらきたる人形にわが磨りしマッチの火は映るなり

ひび入りし硝子ながらにうつとりとわがみ上げゐる空はあをけれ

良夜

フランクフルトの昆蟲市の寫眞にて美しき蠍(さそり)あまたを寫す

ひとりゐるわが良夜(あたらよ)飼猫はすでに死にたれ犬失踪す

夜毎わが頭上を過ぐる爆音のいづこにむかふものともしらず

月光のわづかに差せる座席にて機體に人を縛(ばく)さむ皮帯(ベルト)

飛行機の窓に瞑り月夜を飛ぶ胎内生存のやすらぎありて

なにもなき夜の卓上かすかなるケトルのぬくみをもろ手に抱(いだ)く

海邊

波乘りをするあたま見ゆ日の沒りて暗くなりたる薔薇色の海

この夕(ゆふべ)異樣にあかき月面に彼地(かのち)の異物人間はゐつ

發光

―所在―

さびしあな冬のゆふぐれうしろ手に扉をとざしそこに立つ者

ストーヴを置き替へて火を焚く場所の變りしゆふべ天の風聽こゆ

天空を風ゆけるとき　うはのそら　うはのそらとぞ時計きざめる

火の赤く燃えゐる夕(ゆふべ)うはのそらたしかに風はうはのそらゆく

まさめにしつぶさにみれば犬の目の奥をしみれば鈍き知恵の火

ききをれば壁なるむかうたれびとかうすぐらき濁水をこぼせり

*

となり部屋に誰かをりつつきしきしと麻の紐きしみ荷作りをなす

寂しくば顔を洗へあぶらを髪にそそげといひし聖（ひじり）はも

さむきわがくちびるを洩れ中國の菱採りの詩（うた）きこえけらずや

堅き棘ありてぞ搖るる菱の實よ漣のなかに影なる菱よ

くちびるはかほの中心なるなればときにしわれのくちびる燃ゆる

西風の強く吹きゐる夜のそらいま異様なる發光をせむ

黑疾風（こくしつぷう）すさびゐるなかなになるか細きベル斷續し止まざるなり

ふた瞼ひらける暗き夜あけがた白木の斷面に亡母（はは）は立ちゐき

*

ひややかな晴天に架る歩道橋人渡らざる長き時間あり

肉身の均衡あやふきわれがたまたま虚空の橋をあゆめり

橋上にたたずむわれに朝の街霧のごとくに旋回しそむ

くるりと廻り　くるくると加速度に廻りものみなうせむことのあるべし

コーカサスの綱わたりはそらわたるもろ手に一本の竿を摑みゐき
いま人をかならずむかうへ渡す橋汗ばみてわたる若者の群
橋の上に人歩み去りふたたび橋は明るく宙に浮きにき

*

眞珠秤眞珠を載せず眞珠商白堊の室を閉じたるところ
一握り布に撒きたる眞珠粒（りふ）かひこのいろに曇る一瞬
眞珠粒一室に選ばむとして凩の街生きはじめたり
眞珠にありしあなやひきつれ円かなる黄白（わうはく）眞珠にルーペを當てゐて

肉眼に違和なき眞珠おほき眞珠白色燈下（か）に煌たり

通行者の全身あゆみ過ぐるとき透硝子（すき）張りつめし内にわれをりき

夕映は兆さむとして午後の四時東京空中はつか赧らむ

*

坂下に暗い夕焼の立つ時間繫ぎし犬を先立ててゆく

地上・天空

地上・天空

無人となる正午の部屋に閉ぢて出づ大き地球儀の灰色の玉

*

天なるや無音氣圏をゆけるときわが飛行機に火竈（ひがま）の音する

ジェット音絶えたるのちの雲の中なにものかは熔けてゐるべき

暴王ネロ柘榴を食ひて死にたりと異説のあらば美しきかな

稀薄なる氣圏にうかぶ飛行機にわれはちひさき鏡をもてりき

方寸のひらめく鏡透きとほる大氣にふれて燃ゆることなきか

白頭布シーク人（びと）の黒き目は天空光（てんくうくわう）に瞬かずけり

うす白き暑熱の下界にたちゐるはさびしき稲のそよぎなるべし

稲の異形（いぎやう）おそろしくこそカムボジア平原の浮きいね　日本の馬鹿いね

二つ三つ蚊の黒點をみたること機內の錯覺として遠ざかりたり

人々を完封したる飛行機に人工空氣の如きは充ちゐつ

飛べる機の氣密破れて吸ふ酸素不足とならばわれら喘ぐべし

天空にねむれる者らかすかにて地上原始の日灼（ひやけ）うきいづ

おほいなる墨流（すみながし）すなはちガンジスは機上の夢魔のあはひに流る

印度の夜漆黑にして泥屋（でいをく）を洩るる瀕死のともし火はみゆ

微動なき機をかすめをり莫大の時間のかたまり　闇のかたまり

黑暗の空とぶときに人界のものなる毛布膝に抱きたり

天空より暗き地上をまさぐるに白き塊なんぢは犬

假眠の中わが尋ぬるは他ならず地上に杳と行方しれぬわれ

鍛冶のごと火を噴きゐたり暗黑の中に降(お)りゆくジェット飛行機

*

有機體のまろみをもてるパン一つ飛ぶ飛行機の卓上に置く

零といふ寂しき數を見出でたる民よ碧空を仰ぎしにあらずや

たかそらの機窓にひらく眸にて赤埴(あかはに)の埴輪の目よりも暗し

亡靈に似しプロペラ機まなしたにあなふはふはと山を越えゐき

うごきくる地形(ぢぎやう)の怪奇をみるものになべては鈍き岩塩の山

山谷(さんこく)に塩あらはれて照るところ　なにゆゑとしらずくるしき

干上がりし塩湖と覺しきあたり皚々と地球原生の塩

鉛白の塩の結晶みゆるまで　晴れたるそらかぐらきまで

行路して塩湖のほとりに死ぬる者ありとしきかば悲傷せむかな

われにしも塩よりの使者ありとせばソドムの天使　ゴモラの天使

羽ばたきてきたる天使ら羽すべて白き塩なるときにおそれたり

ヴェネツィアにかつて苦患ありき

水の音つねにきこゆる小卓に恍惚として乾酪(チーズ)黴びたり
一枚の古地圖かかれる部屋の內憂はしき帆船(はんせん)の影を生みくる
おほき帆布われをおほへばいきづかし彷徨(さまよひ)びとの嘆きはきこゆ
ヴェネツィアの眞晝にいでし一匹の鼠ディヴァンの陰を走れり
鍬形のへさきを立てし黑き舟水明をゆくときに翳なす
みどりの藻人の眸にもつれしめ運河に淡き腐臭たちのぼる
ヴェネツィア人(びと)ペストに死に絕えむとし水のみ鈍く光りし夕(ゆふべ)

黒死病の死屍をのせゆく喪の舟としてゴンドラは黒く塗られき
はふり處のあらざる石と水の町葬送はまづ舟をえらびき
水路よりただちにのぼる聖堂の扉口眞紅の幕を垂れたり　（サンタ、マリヤ、デラ、サリューテ）
白かびの侵せるごとき聖像に黒き瞳の消えたるマリヤ
死を享けしひとびとのむれ油塗りし小さき足を虚空に垂れしか
うすひかる聖水なればふれむかなわがかりそめの紙の指もて
その右手おとろへしめよとありし詩句詩篇のいづこのくだりなりしや
ペスト寺ともいはばいふべき聖堂に畫家チチアーノの輝く朱をみき

夕明る運河の岸頽(すた)れたる商家の紋章の浮きていづるべし

ヴェネツィアの吹き硝子の藍青(らんせい)はかざすたちまち空間に溶く

騒然とたふれしガラス虹彩の立ちたる無音のせつなをさびしむ

薔薇酒(ばらしゅ)すこし飲みたるわれに大運河小運河の脈絡暗し

照らむとし照るとしもなき圓蓋を寺院は暗き宙に泛べつ

深夜重き扉わづかにひらきゐるサンマルコ寺院なまめきをらずや

神の空間より剝離せし金と銀、モザイックは夜の闇に流れいづ

仄暗き寺院の内部空中を合掌の手のただよひて過ぐ

寺院の内あまた聖なるは流れ去り大いなる闇の空虚殘りぬ

滿面の水より明くるヴェネツィアにものおとのひとつ鐘の音ひびき來

水の邊に貝を剝きをりあまたなる貝殼に貝のひかり充ちつつ

熨斗のごと水上にかかる橋ありてひとたびわたる　われは旅人

ヴェネツィア灣にただよふ美しき墓の島サンミケーレの白き墓域見ゆ

死者を島に渡すことよき　死にし者なにものかにわたすことよき

青襤褸

晝といふおほき日向のくもらひて曇る指もて割く麥の麪包

オスローの税關に立つ彼(か)の一人　白夜にねむらざる者立てり

蕗の葉のさわげる影は西方(せいはう)の憂ふる樂(がく)の中をさまよふ

曇り日の天眼落つるまのあたり鮑の殼は庭に照りいづ

われはいま腦の惡路をもとほりて疲れしばかりの者に過ぎざるを

薄き日のもと散らばりし新聞紙活字は弱き蚊のむれと消ゆ

創生の秘密を漠とおもはしめキリストの胸に乳二つある

魔法壜の魔法の中にこもりゐる眞珠色なる熱湯鈍し

みるみるにテレヴィの枠よりしたたりて腥(なまぐさ)き血は床(ゆか)に澪れき

白濁の曇天ありてながれたるひとすぢの血のなまめき險し

はからざる方より差せる陽のひかり花咲かぬ木々の木の間にたはむる

白みたるひるふけにして青襤褸（あをぼろ）のふるふがに啼く家鳩の聲

麥熟れて夜明けのごときゆふぐれあり　ゆふぐれのごとき夜明けあり

紙鳶

風邪人（かぜびと）が筒形に編む白毛糸日ごとにふかき井戸のさまなす

ネガのごと見ゆる寫眞をうるはしむ向日葵に雪降れる天草島（あまくさ）

針亂れ千々に刺したる針山にしばしば淡きコロナ立ちたり

わが右手はたらきながらひだり手の停(とどま)りて知る除夜の靜寂

夜半いま大きめがねにかけかへしわが二眸(ふたまみ)のおほきかるべし

除夜のすがたみむとし除夜をみたりけり除夜は斷崖のごときものにぞ

午前二時明らかとなる電燈下(か)起きゐる一人空氣をうごかす

まばたかずひとりゐるときしらみくる市街の眞中に鷄鳴きこゆ

鷄(とり)啼くにペテロおもほゆ鷄啼くに一生(ひとよ)おびえしならむペテロよ

みたび主を否みしのちに漁夫ペテロいたく泣きしをわれは愛せり

無害なる人間となり朝しばし小川のごとく泪をながす

水仙の葉先揃ひて花をみずまなこ窪むがにきよきかも

水仙を切らむに　古代ギリシャ人（びと）おほよそは十代に果てにき

水仙痩身にしてみづからにむらがる黄（きい）の花を夢想す

低丘のいただきにのぞく鳶凧（とんびだこ）丘のむかうに伏兵のありや

さたう漬にさたうあまねく沁みとほりはろか砂濱（さひん）をわれは戀ひにき

剝製となりし磯鴫いつはりのちひさなる火をひとみに點ず

あらはるるなにゆゑとしらず明き陽にうすらつめたき小豆の山の

うすひかる汀（みぎは）に打てる杭の上鴉はかしらを垂れていこへり

水の上ただよひながらありとなき空氣は水に見入ることある

陽の中にさまざまの顔ながれ寄りしづかなるかな彼地(かのち)に沒す

*

つねのごと硝子戸棚に透きゐたれ白き元旦の白き牛乳

駿馬

遠隔を戀へるひとびと月の石をみむとしきたり觸れむをねがふ

よごれたる街空のもと人の手の手巾はみな眞白なりにき

蟬脫のさまに飛行機の或部分ひらきしづかに車輪のいづるを

空中を輸送されきし美しき馬ありすなはち地上に嘶く

就寝のまへなるわれが跪きほのほ燃えゐるストーヴを消す

南中

淡雪の降るゆふつかた子午線上蟹座南中の仄暗きかな

『鷹の井戸』抄

阿媽のごとくに

水衣

薄光硝子冷室を閉ざしたり　天變地異にあらざるまひる
遠街に人あらはれて消ゆるなり神よ悲哀を目守りたまはな
硝子戸に觸れゆきし蛾の鱗粉はときおきてのち光りいづるや
宿無しあさがほ白のあさがほひらきたりふはふはと玻璃の窓をうづめて
みゆるごとしみえざるごとし床（ゆか）を這ふあさがほの手の千の收奪

雲中天壇

くちなはの透けるぬけがらさながらにほそき瞼も脱ぎてあらずや

薄ぐらき谷の星空金銀交換所とぞおもひねむりし

阿媽のごとくに

室内のわが邊に咲ける路傍草(ろぼうぐさ)はこべの花は目にみえがたし

いらかに翼やすめし旅天使あなさめざめとしも泣きたまふ

鳶色に褪せたる寫眞若者父はわが子に赦されたまはず

こよひわがかたはらにして彈きたまふ父疾風のごとうるはしき

死者焚けばま青(さを)き空の潰るとふ　ピアノに吾は死者を焚くなる

みゆるごとあらはれながらとこしへにみえざるものを音といふべき

積雪遠屋根にひらめくことありて鶴などのわらふごとくあかるき

眞夜中も透きて立ちをりかつきりとあたらしき硝子を嵌めし閒仕切り

雪降ればロレンツォ・デ・メディチの墓かの滑石（なめいし）の塋域なやまし

天上雪晴れにけり街ありて阿媽のごとく灼けつつゆかな

めつむりて憶へるものにデンマーク薄氷（はくひょう）の池張りて移動す

沒りつ陽の黒きにみればロダン作る　考へる人、ましらのごとし

てのひらに薄き茶碗を載せてゆくわれみづからに侍（かしづ）くごとく

風炎

高窓にガラスを拭ひゐる者よかの水底に見入りをらずや
朱の盆を捧げきたれる幼子はおびただしき空蟬を載せたり

着かざるなり

てのひらにまろびゐる鍵みなれたる鍵をいづこの鍵と覺えず
ほとほとと音するあたりとこしへに遅れて飛べる一機ありと覺ゆ

告ぐる風

立つわれは戸外に家ぬちに鏡面に　立ちゐるところ定まりがたし

をがたまの花

曇天に觸るる萩群ぴらぴらと天を掃くべく伸びあがりたり

火葬女帝持統の冷えししらほねは銀麗壺(ぎんれいこ)中にさやり鳴りにき

うねび　みみなし　香具山のあひたひらにて簀のごと朧となりし宮趾

神域の花とし聞ける招魂(たまをぎ)のをがたまの花わが庭に咲く

月のごと肥滿したまへる曾祖母はうつしゑなる庭椅子にゐる

悲母

悲母觀音みどり兒を連れおはせども髭のごときをたくはへたまふ

暗く暗く

遠き目に白根山頂はみゆひつそりと鹽の山あるごとく

鳥明り

石膏の首さながらにそば立てる富士をみたる日流涕をしぬ

木の葉降り　降りてしやまず　わが居るはしづけきかなや壁の寄りくる

あはれなる

枯れし葉は降りてやみぬるわが脱ぎし靴より小さき影の出でゆく

耳

カリエスは蟲食へるさま臼齒をも胸の骨をもトタン屋根をも

わがおもふ二階はつねにとほくして曇れるそらとすれすれにある

飛行

天上縊死・松の葉のうたをそらんずる天のゆふぐれひとごゑもせず

すさまじき打樂器響きたるのちの暗黒をもてアラスカありき

アラスカの闇に激突せしわれは熱き珈琲を膝に澪しぬ

北の極み波浪のままに凍りける常寂は巨人の眼もてみるべき

眞裸の鳥のひひなのこゑを聞くひととき青きそらに傷めり

天上の食事は怖しからざるか密雲のうへ飛べる飛行機

機體搖れずさびしかもあな神のごと等價値なる白雲とわれ

卓上に置き忘れたるコルクぬき高壓電流かよへるごとし

朝鳥夕鳥

壁鏡にたたずめる人　影の人　破れたる人　きれぎれの人

げに麥はおんがくを聽くことありて麥生戰ぐといふにあらずや

灰色の睫毛掩へるちひさなる象の目ありて　月は照りたり

青山に胡桃實りぬあまたなる青實の憂(うれひ)あつまりて垂る

夜警

レンブランドの黄金光は差しゐたれ犇めく群集の左肩(さけん)の方より

娼家に近きレンブランドの古住居窓枠を眞紅に塗りたり

あまのはらとふ

かすかなる光源としてある釦　薄じろき毛絲の胸のゆふぐれ

盲(まう)の杖おもへるときに猫などのしづけきものに日ざしは及ぶ

夏至の火

じゅうたんの上に落ちたる蟲ピンはときおきてのち光りいづるや
あまたの管あまたのふくろなるわれをネガとしなして月は缺けたり
鷺・白鳥・鶴の類食ふべからずと舊約聖書申命之記
水銀を含みにけりなしろとりの中なる鷺もつとも異し

憂犬

うぃすたありあ

おびただしき紙を切りたるゆふぐれにうすべに差してさくら咲きたり

肖像

あか玉のたまごしろ玉のたまごとぞかぞふるたまごのひとつ失せたり

老身蛙のごとくつめたしとあらざる父は寝臺に伏す

古垣をおほひつくせるつたかづらわが佇てるときひとすぢあゆみ來

假面

玻璃鉢にシャロンの薔薇の泛けりけるさびしきろかも　めぐりもとほる

何を乞ふさまならなくに家人（いへびと）はおほきなる手をうら反したり

ほのぼのとましろきかなやよこたはるロトの娘は父を誘（いざな）ふ

夕ありて朝

過ぎし旅に悲哀せるものかぞふればイタリアの藤淡く垂りたれ
しみじみと聞きてしあればあなさびし暗しもよあな萬歳の聲

憂犬

犬憂へ曳かれたりけりアルプスの斑おほいぬ市街を曳かる
色絲は金のひとすぢ球に乗るダイアナの足ちひさくぞ刺す

空にのぼりしや

數珠つなぎ數珠つなぎとぞささやけり　あをの數珠玉、ねずみ數珠玉

ほつそりとしたるみどり葉はじめてのみどりを胸にあてし若者

カザルスは老身なれば會堂の大き拍手にゆらぎたまへる

苦熱

不可思議のちからとせよ祖母(おほはは)がなんぢのかうべに置きたる片手

鷹の井戸

につぽんの詩人ならざるイエーツは涸井に一羽の鷹を栖ましめぬ

大き鷹井戸出でしときイエーツよ鷹の羽は古き井戸を蔽ひしや

ひとつならずめがねの光りいづる夕無限大の記號となりて

雲の氾濫はげしき晝に眸うごくモナ・リザ・ダ・ジョコンダの像

爪

一枚のわが薄爪に移りゐしにんにくの香ぞ孤獨なりける

飛來

擧げし手のしづかにとどまるをみよ見えたる人に人のちかづく

ここ過ぎて

釋迦涅槃ひしめきてのぞく人面は奇怪（きつくわい）なる首を伸ばしゐき

赤外線消えたるのちの古御堂悉皆の壁よりみほとけら失す

ここ過ぎて悲しみの市、と繰返すわが刻みゐる蓮のしろたへ

唐草

脱ぎすてし衣類の下ゆ覗きゐる孫の手、といふちひさきてのひら

篝火

げに細き針金の輪の支へたるかなしびに管物の菊は咲きたれ

總立ちといふことありていつせいに人立ちあがるきはは怖れめ

だんだら

失明者記憶せりけるサーカスは黄の大きなるだんだらなりにき

昔日本に幻音ありきいつせいに鶴は樂音のごとく立ちにき

蟲取り

圓を描くこころあそびぬしら紙に圓はなにものかを閉づるを

殺蟲剤すこし掛かりし祖母(おほはは)の顔仄かなる銀となりゐつ

はぐれたりな

おもほえば暗き虚空に人間・花束などの飛ぶ繪を好まず

龍笛

銀杏(ぎんなん)の乳の匂ひの淡くして夕月は出づ　あはれノア・ノア

水色に馬を塗りたるゴーギャンは淺瀬を渉りゆきしことありや

五十歳の父過ぎにける黄金樹（わうごんじゆ）やがてして五十歳の息子過ぎむか

黑雁北の湖より翔びきたり黑天白天に惱みき

喪神われを載せたる車椅子うらうらとこそ廻りそめたれ

屋上にひとごゑわらふわらひごゑなにびとわらふ　ひとのわらふを

小現實

かたり、りゆう　蟲のごとくにうちふるへ柱時計のゼンマイ緩む

雨神

陶鉢より黄金かづら蔓垂れて裳裾なしけり　寄りゆけりけり

一網打盡にあらね捕へたる揚羽は網に影と充ちゐつ

擦過

日暦はみづのとひつじ　北の方美しき羊一匹がゐる

山ありて水

薄暮青天

郭公の啼く聲きこえ　晩年のヘンデル盲目バッハ盲目

くわっ　くわっ　くわっこう　ふたたび啼きし郭公は鳩のごとくに枝に搖れゐき

天體は新墓（にひはか）のごと輝くを星とし言へり月とし言へり

おほきなるみ手あらはれてわれの手にはつかなるかなや月光を賜ぶ

ビザンティン光（くわう）といへる微光のありとしてうちかさなりし朴のしらはな

ぴらぴらと白樺の葉の躍るなれ身邊一切の鏡を伏す

銀心はつかに伸びあがりたるごときけものをキリンとやいふ

しばしばも青空に手を差し入れぬ高きになにかを捥ぎゐる者は

わすれ蚊

かすれたる蚊のごと帆船に積まれくる　彼のさまよへる和蘭人

羽搏ける一夜ありけりわがもとに人わすれたる大き雨傘

朝の鴉

金木犀銀木犀より暗く咲き記憶の神ムネモシューネ

ミュジアムに腹割けゐしところ人體の斷片繫げるところ　（出土）

シンバル打つごとく暗殺に伏す黄金（わうごん）充ちたりしミュケナイの王

うすき網かうむりてわが睡りし夜希臘の海にいなづまわたる

うつらうつらめさめゐるとき凄まじき遺跡の島を船は過ぎけむ

古代神殿の廢墟の石理（いしめ）踏みゆくや草よりも青く石よりも白く

首垂れて啼きたるからす春のからす忘失をかなしむなかれ

ギリシアの雲間に鶴啼く季と記す紀元前七百年ヘシオドス暦

燭臺

壯年のフリードリッヒ・ニーチェいひけらく、われは彷徨ふ犀の如し、と

エスカレーターに深き地階をのぼり來てちひさきかほとなりて出できつ

山ありて水

千羽に一羽の毒鳥ありといふ椋鳥のかほ、まなこのあたり

おしなべて月夜なりせば――夜更け花食ふ眞白い少年

運命(モイラ)とふすがたなき神徘徊す、彼、日本の神には非ず

生ける者ちかづく古墓しづまりぬ　寂しかもただに星あるながめ

鬼子母のごとくやはらかき肉を食ふなれば僅かなる鹽をわれは乞ひけり

龍の水

月差さば先づ爪を切れ　爪切るを邃き眠りの約束として

栗の木はさびしきときに生ひいでて相模古墳の臺地を掩ひぬ

荒栲の薄葬なれば庶民死し地に埋めしのみ死する直ちに

男子二體ひとつ棺に納めたる葬(さう)の古記録ありて傷めり

さすらひびと

憂愁ただならざるを戀はむかな古書(ふるふみ)に「むかし男ありけり」

たれにむかひて

ステーキを厚顔無恥なる肉塊づうづうしき肉塊と犀星言ひにき

むなぐるま

清少納言のむかしと言へど月夜に　空車(むなぐるま)のありてきたれる

遊塵

ひと抱へかしこに置きてわすれたる穗芒は銀靈となりゐつ

枇杷は人の病呻吟(びやうしんぎん)に育つとふおそろしき說なしとせなくに

病院にさくら咲きたり　尿瓶濃緑色のゆまりを湛ふ

あはれなるわれ箴言をそらんずる「死と太陽直視すべからず」

ぬばたまの夜はすがらにむかひゐる盲目テレヴィにさくら散りたり

あさあけに川ありてながすうすざくらすなはち微量の銀をながす川

『をがたま』抄

風星

さねさし相模の臺地山百合の一花狂ひて萬の花狂ふ

宵の星古墳の上にあらはれて一ひらの骨ありと示しき

鈴成りの柿みてあれば――柿をみてまさしくはいのち斷つひとのあらめ

シューベルト死にたる霜月十九日水仙の莖鋭くぞ切る

水仙光

わがこゝろのカセットより流れいでわが生命の聲となりゐつ

月光は受話器をつたひはじめたり越前岬の水仙匂ふ

水仙城といはばいふべき城ありて亡びにけりな　さんたまりや

游泳の原感覺にめざめしや日本海に泳ぎたる父

雪雲の空おほふとき腰かけし人形の指少し曲りゐぬ

カスタネットのごとくに嘴を鳴らす鳥　愛さんとして寄る鸛(こふ)のとり

すかあれっと

透き影としてみゆるなりをりをりに指先の缺けたまひしひひな

滅裂さびしきかな統合さびしきかなみゆる遠景

若狭美濱原子力發電所隆起せりなべての雪移り棲むべく

馬よ汝がふぐりつめたし人間のふぐりつめたしと嘆かふこゑす

さにづらふ

貝を賣る髮長き者貝を見ず　貝をりをりに青く閃く

おもちや

流星に突きあたるすなはち消え失せる螢のごときロボットありき

ここ過ぎて

千九百四十五年ゆふぐるる首都の瓦礫に夢魔のわたり來

くらがりにひとわらひたり破れ家にいくさに死なざりし人のわらふを

粉うすくかかりし髪をかきあげぬ　飢うるといふはひとみおほきく
ぬば玉の夜々吹きあがりおそろしく家焼け人焼けまをしさふらふ

哀歌

聖狒狒として祀りけりおほきなるふぐりをもてるましらならずや
支那の人よふるき満天におそれしや　辰（しん）は夜のほし星（せい）は晝ぼし
髪切るは影を切ること髪切るは力を切ることとしいはな
入眠時幻覺として山萩は奈良繪のごとく搖らぎいでたり
あらはれしわがいもうとは獨樂廻し　繪獨樂・鐵獨樂あまたもてるかも

鷺の脚みだれ飛びゐき　仁徳帝　百舌耳原陵（もずのみみはらのみささぎ）

エレヴェターと共にわれは上昇すちひさき踵ひとつをのこして

穀神と薔薇

細かりしや影なりしや暗愁少年弱法師（よろぼし）の石に突く杖

薔薇をめくり薔薇なかに入る薔薇明り汝纖足のみえずしなりぬ

雅歌

さきの世のさらにさきの世われはゐてうつくしきかな冬の浴（ゆあみ）す

ボヘミアの密雲の下行路して針を作れるジプシーを見き

かなしめる足

みづからを騙すことよきよろこびてみづからを騙すことのよろしき

すみれと靴

外科醫の祖かのエヂプトの神格者ミイラ作りにあらざるやそも

一王をミイラとなす者狼の假面(マスク)をつけて臓を分けたり

石室は虚ろなりけり執刀者ちちのみの骨かき失せてゐき

星夜・草夜

きくきくと手を折り足を折り　首を折る　皇帝ティベリウスの體操

かすかなる灰色を帯び雷鳴のなかなるキリスト先づ老いたまふ
凭(よ)りかかるキリストをみき青ざめて苦しきときに樹によりたまふ

瑠璃　ラピス・ラズリ

しづかなる大和の寺を覗きみぬ聖娼婦百濟觀音の足
ちひさなる胸びれをつけし鮓(すし)を食ふがらすさわげる風の日に食ふ
灰色を――ねずみ色――gris(グリ)といふ佛蘭西音の官能　あはれ
おびただしき尾花を運びきたりしが鏡に尾花のなべてしづみぬ

あらくれなゐ

をちこちに透明ふらすこ立てるなれ　かぜふけばすがたうせるふらすこ

梅の寺

階段を下るは黒衣階段を上るも黒衣かしら垂れたり
（黒衣：喪主）

梅の花の花蕋伸びるみるみるに怪しくぞ花辯のそとにいでたり

童女番紅（番紅：さふらん）

うすらなるはがねのにほひただよへる武器博物館にさくら持つ人

貴朱

古錢の穴より覗ける井戸の暗かりき深かりき草のかすかそよぎゐき
（古錢：こせん）

鳥騒（とりさゐ）

眼底にはつか紅（くれなゐ）をもつれしめ曼珠沙華とふ花の畢りぬ

夕鳥ら騒ぐか　やがてくらくなりやがてめしひとならん身のため

春きたりなば

口ひげのあたりにちぎれ雲の飛ぶ速須佐の男の命上昇す

空のあをみ

翅萎えてもとほりけらし冬天使　一夜にかほをうしなひし薔薇

劍

白松(しろまつ)といふなるまぶしき針葉樹　うつし身吊らむとするにはあらず

いでてゆくしづけさ(手品師)ありて入りきたるしづけさありぬ　ここはゆふぐれ

ハム薄く切りつつぞをりちひさなる豚の瞼のごときも切りたり

蟬

蟬の羽といふは透きたる着物にて被身忽ちに失せにき

古代中國死にたる口に含ませし　白玉(はくぎょく)の蟬　青玉(せいぎょく)の蟬

自轉車に乗りたる少年坂下る胸に水ある金森光太

膽(たん)すなはちにが玉といふ臟器ありつねなる苦汁われにしたたる

月白くいでたる薄暑　正倉院北倉に象の骨ありと
青白色（セルリーアン）　青白色（セルリーアン）　とぞ朝顔はをとめ子のごと空にのぼりぬ
蛇くさき青原ありて結び目の解けざりしゆゑくちなはは死す

スパルタの蘆

スパルタの蘆堅かりき青かりき少年は蘆の蓆（マット）にねむりき

月夜商人　つきよしやうにん

銀行に銀の音絶えしゆふまぐれ昇降機（リフト）ゆるやかに下降す
夕星（ゆうづつ）よあはれ星彦、とうたひいでし詩人プラトー少年を愛す

盲目少年弱法師（よろぼし）は心眼に舞ふ　見ゆるとぞ　おお　見ゆるとぞ舞ふ

彦根屏風

ゆふぐれの手もてしたためし封筒に彦根屏風の切手を貼りぬ

彦根屏風、方寸黄金の切手にて禿（かぶろ）のゐたり遊び女（め）ゐたり

夢違観音夢にあらはれて手首の繼目を示したまへり

わが前よりものの失せゆく時間ありさざめきて返りくる時間あり

めがねやにさやにめがねはあふれつつ　地藏のめがね天使のめがね

墓石はうす光りをりとほき祖（おや）日本海の魚を食ひし者

悲しむ鳥

回轉きはまれる獨樂鐵の獨樂　獨樂は地球の蕊に觸れゐる

假面を着た術師は神格であり、腦髓は鼻腔から他の臟器は左腹部切創から拔いた。

エジプトの死王起きあがることありてあなまぼろしの飲食(おんじき)をせり

流水(りうすゐ)つめたかりしか白ナイル青ナイルまじらひながれゐて

さびしきゆふべのゆめに泳ぎいでし信濃古沼の白鯉のむれ

大河夢ならず

朔太郎は「純金の龜」を、さてここにわが泥龜一尾

薄き陽の差しゐる夏至の草あひ日本の龜乾きてゐたり

なんぢ僧になるやもしれぬ　東洋のつぶらをのこ子(ご)かぶり振りゐる

顔にある花

わが胸に這ひのぼりたるてつせんの一花あるところに伏しにき

神既にゐざりしモネの中年に青銅の睡蓮わだかまりたり

をりにふと憂鬱なりしモネはしも袖口にレースを着けて歩みぬ

ゆふぐれのかしこにみたり東洋の靜かなるかも五寸深鉢

ある日ふと人間の顔食はざりし喫人極限の一事にをののく

鍵束

博多料亭『玉川（の）』

青ゴスの皿に伸したる海豚（ふぐ）の胸透きとほりたれ　かなしくをれば

卓上に置きゆきし　古代銀杏子(こだいぎんなんし)　人の跫音(あのと)のとほくなりしか

日向(ひうが)のくに天の岩戸に降り交ひしあめなるかなや乳の香(かぐ)の實

三藏法師なやみたまひし頭痛山　蹌踉としてよろめく駱駝

薔薇の實　Rose-c

明治四十三年

ハーレー彗星最接近の夜三歳の妙子は疊の上に立ちゐき

回顧

ピレネーを越ゆる飛行にスペインの遠水(とほみづ)を見し　水は無かりき

遊水あらざる國に水を見し旅行者スペインの夜に發熱す

スペイン王家墓ある地下を出でしとき　エル・エスコリアルに突風吹きにき

階段に抱き膝をせしわれをりてありうべきゆふぐれと見合ひぬ

春水

クレソンをクレッソンと呼びやりしときかがよひて諸葉起ちあがりたり

ふしぎにもいましづくするわれをりて幼時越前九頭龍川に墜つ

苗歌

明るさはほろびにいたるすがたかと子の無き實朝物語せり

青山墓地しんかんとして行人なし　千九百八十三年天井棧敷解體の日

小公園

雅びたるキリンの首のごときものわが晝餐の皿をのぞきぬ

木の洞（うろ）のごときところに死にたれば働蜂はうちかさなりゐき

『をがたま』補遺抄

白嶺

炎晝眞白かりせばみえがたく眩しきところを傳ひゐる蟻

わだかまる熔岩ありて眺めやる地表は襤褸（らんる）　はるかに襤褸（らんる）

狼齒形熔岩群のなだれたる山腹は突如霧をぬぎたり

出現、とは日輪雲を破るごと神の首（かうべ）のあらはるるなり

獸園にほのぼのとしも人語あり象は狂氣することなきや

われらみな絶えたるのちにあなかすかかすかにゐまふたれびとかある

古き中國妖なりしかば赤き金魚うつくしき朱泥宦官を生む

アイヌの貢物にもツル、ハクチョウ混りゐしことの可憐なり

異本『橙黄』抄

霧の花

貨物車

にはとりを下げゆくわれの鼻歌をときへし悲しみのきははおもはめ

過ぎにけらしな

さびしもよわれはもみゆる山川に眩しき金（きん）を埋めざりしや

「老辻樂師（ライエルマン）」歌ひつつくる霧の人もと軍人（いくさびと）山をくだると

ちかぢかとあなちかぢかと戰争に吹き寄せられし顔すれちがふ

おそろしきからくれなゐとおもひゐし深山白膠木（みやまぬるで）のもみぢ滅びぬ

ソ聯參戰二日ののちに夫が吳れしナルコポン・スコポラミンの致死量

橙黃

俯瞰

菊枯るるまぎはを支那の書籍云ふ、死臭すなはち四方(よも)に薫ず、と

遡行

殲滅といふは軍言葉(いくさことば)なれ鏖殺(あうさつ)といふは魔の言葉なれ

眞珠星

われを育てたまはざりにし未知の母未知なるままに死にたまひしと

滅したまひぬ

しづかなるまひるなりせば父ひとり火の轟音に入りたまひけり

解説

川野里子

葛原妙子は一九〇七年（明治四十年）二月に生まれている。同年に中原中也も生まれていることを思うと意外に感じることだろう。中原中也は近代を代表する詩人であり、葛原妙子は現代短歌を代表する歌人である。その二人が同年に誕生しているのだ。中原中也は戦前（一九三七年）に亡くなり、葛原は戦後を中心に活動した。戦争を体験したかどうかが二人の文学の近代と現代を分ける重要な要素になっている。

第二次世界大戦の戦中から戦後へ、日本の歴史は大きな断裂を抱え込んでいる。「一億玉砕」、「鬼畜米英」といった標語があふれた社会は、一九四五年の八月十五日を境に忽然とひるがえり、民主主義、平和主義を掲げる社会となった。その激変による亀裂を日本人はどう受け止めたのか。

水かぎろひしづかに立てば依らむものこの世にひとつなしと知るべし　『橙黄』

水陽炎のようにゆらゆらと揺れる幻のような世界。この世にひとつとして頼りにすべきものなどない。戦時体制を生き、信じてきた価値観があとかたもなく消え去る、という体験を葛原は自らに言い聞かせるようにこのように内面化した。自らの足元には何もないことが明らかになった。長野県で疎開生活をしていた葛原は三十八歳になっていた。

このような戦後の葛原と比較すれば中也の作品世界の主調はアンニュイで甘やかな情感を湛えている。石川啄木などにも通じる明治の浪漫主義の余韻を感じさせさえする。それは叶わなかった理想の影を曳き、信じるべきものがあったことの余韻を感じさせる。

汚れつちまつた悲しみに／今日も小雪の降りかかる／汚れつちまつた悲しみに／今日も風さへ吹きすぎる

『山羊の歌』より

このように中也の抱え込んでいる青年の無垢な傷みがそのままでは通じない世界が戦後の世界だった。比較するとき、葛原の作品の特徴である乾いた硬質な響きは、原爆を「経験」し、ホロコーストを「経験」した世界大戦ののちの人間のものだと言えよう。

きつつきの木つつきし洞(ほら)の暗くなりこの世にし遂にわれは不在なり

『飛行』

啄木鳥が、木の洞をつつきつつ、そこに消えてゆくかのような不思議な一首。ここには「私」を慰撫する情感はない。自分がこの世に存在するということの危うさ、不可思議が思われている。風変りな作品であり、近代短歌のもつ温かく濡れた情感がない。むしろそれを拒否するかのような乾いた観念的な作品だ。

この変化の背景には戦後すぐに巻き起こった俳句や短歌という伝統詩形を的にした議論があったことを挙げておきたい。「第二芸術論」と呼ばれる議論の渦は、敗戦直後から学者、思想家、詩人などジャンルを超えた論客がこぞって参加した短歌、俳句の否定論である。これらの文芸はまともな芸術ではなく第二芸術だとした。戦後という新しい時代にふさわしい文化を模索する勇み足が感じられる議論だが、象徴的なのが詩人の小野十三郎による「奴隷の韻律」だ。

いつの場合でも、この短歌や俳句の音数律に対する、古い生活と生命のリズムに対する、嫌悪の表明が絶対に希薄だということである。特に、短歌について云えば、あの三十一字音量感の底をながれている濡れた湿っぽいでれでれした詠嘆調、そういう閉塞された韻律に対する新しい世代の感性的な抵抗がなぜもっと紙背に徹して感じられないか――

――「八雲」一九四八年――

新しい時代を始めようと気負う文化人にとって短歌の抱えている古い叙情、人間観、美意識は悪しき日本を象徴するものであった。多くは個人の胸の内に沈黙として抱え込まれたであろう戦中から戦後への亀裂、それを乗り越えようとするがむしゃらな力が働いている。見方を変えればこの議論は心と言葉の敗戦体験であったとも言える。こうした議論をどう受け止めるかが現代短歌の始まりだった。同時に、葛原はもう一つの課題を背負ってもいた。それは女性にとっての表現の問題である。文学史の教科書を開くと近代では与謝野晶子のほかに女性の歌人の名前をみることは少ない。実際には多くの作者がいながら、その言説が表に出ることのない女性にとって沈黙の時代であったと言える。戦後、その沈黙が一斉に破られた時期がある。一九四九年「女人短歌」という女性が集う歌誌が創刊されると葛原も参加し、女が表現するということへの意識を深めてゆく。そして書かれたのが評論「再び女人の歌を閉塞するもの」である。

戦後の女性の内部に、氏（山本友一）の見知らぬ乾燥した、又粘着した醜い情緒があるといふ事実である。そしてひよつとしたら、さうしたものの一部は、女性の本質の中に昔からあつたものかもしれない。それと同時に今迄の短歌的な情緒とはやゝ異質なものが、別に生まれてゐるといふ事も確かである。それらを露はにする多少の勇気を、限られた現在の女流の人達が持つたと云へると思ふ。

――「短歌」一九五五年――

この文章は、折口信夫の「女人の歌を閉塞したもの」(「短歌研究」一九五一年)に応える形で書かれている。「長い埋没の歴史をはねのけて今女人の歌が起らうとしてゐるらしい」という折口の言葉を冒頭に掲げる。女性歌人に「素朴な清新さ」を求める山本ら戦後の歌壇をけん引する男性歌人に対して葛原は、戦前戦中を生きてきた女性たちが背負ってきたものを表現することこそ新しい時代の表現だとした。「粘着したもの、臭気のあるもの、ひしがれ歪んだものの一切を含み、かつ吐くがよい」と葛原は訴える。戦後なお男性歌人が求める旧来の女性らしさにとうていとどまれないものをこの時、多くの女性歌人たちが抱えていた。

長き髪ひきずるごとく貨車ゆきぬ渡橋をくぐりなほもゆくべし

『飛行』

女の歴史が思われる長い髪を引きずるような貨車。葛原はこの時、戦後にふさわしい新しい言葉を自らの沈黙の時間のなかから汲み上げるという力業に挑んでいた。

胡桃ほどの脳髄をともしまひるまわが白猫に瞑想ありき

『原牛』

こうした猫の頭の内部まで見るような表現は独特である。それにより葛原には、「幻視の女王」「魔女」「ミュータント」「黒聖母」といった呼び名が男性評者によって捧げられた。そうした呼称は畏敬であり葛原の表現がどれほど独自な力を持っていたかを伝える。しかし、いずれも人間ではない者を指すこうした呼称が、葛原の表現の表面やスタイルだけを輝かせ、読者の目を浚うことになった憾みがある。葛原は現実に根差した人間であることに拘り、その存在の奥深くから言葉を汲み上げた。むしろ実直すぎるほどに丁寧な現実描写の積み上げがある。そうした表現の奥行は完本として入れた『朱靈』の連作を辿ることで伝わるだろう。

もう一つ、葛原を特色づけるのは、キリスト教文化である。それは長女の猪熊葉子が大学入学を機に受洗するという家族を通じた出会いであった。葛原自身は入信を断固拒み、どのような宗教とも距離を置く立場であったが、キリスト教が創り出した文化や聖書には深く興味を持ち、問答をつづけた。

寺院シャルトルの薔薇窓をみて死にたきはこころ虔しきためにはあらず　『薔薇窓』

フランスの教会にある薔薇窓に憧れるこの歌では、「虔(つつま)しきためにはあらず」と神への敬虔さのためではない、とあえてことわりを入れる。では何のためにそれほど見たいと切望するのか。この作品に典型的なように、葛原にとってのキリスト教は常にアンビバレントな異文化としてある。同時に、聖書の物語に書かれる人間の歴史をみずからの生きる世界に重ねて見ている。

疾風はうたごゑを攫ふきれぎれに　さんた、ま、りぁ、りぁ、りぁ　『朱靈』

讃美歌を歌う声が疾風にさらわれ、きれぎれになって聞こえる。下の句の奇妙な歪みは、敬虔な祈りというより、救われずこの世をさまよう人々の喘ぎのようでさえある。キリスト教への深い関心をもちながら、その世界を観察しこの世に重ねて見る目が感じられる作品だ。

一九八五年、すべての作家活動を停止し病の床に就いていた葛原は亡くなる五か月前に長女によって受洗する。葛原にとってのキリスト教とは何であったのかはなお多くの読みの可能性を秘めている。

葛原作品の豊穣な世界は実にさまざまな要素を含みもつが、最後にもう一つ大切なものを挙げておきたい。それは身体性である。近代短歌が正岡子規の写生論などに代表されるように「私」が対象を「見る」というシンプルな構造をもっていた。視覚を強調した表現だ。それに対して葛原の表現は身体のさまざまな感覚が使われている。「りぁ、りぁ、りぁ」のような聴覚もそうだが、台所仕事での食べ物の触感や、外科医の夫を通じて感じる医療器具の感触など事物の温度、質感、好悪などに触発された作品が実に多い。およそ人間のもつ感覚器の全てが働いているといってもいい。それはまるで原始の人間が世界の事物のひとつひとつに出会ってゆくかのようである。戦争の後を生き直そうとする人間として、生きものの原点に還ろうとするかのように世界の探索がされている。
そうした世界との出会い直しは人間の奥深くに湛えられた怯えや不安を露わにしてゆく。

原不安と謂ふはなになる　赤色の葡萄液充つるタンクのたぐひか　『葡萄木立』

天に近きレストランなればぽきぽきとわが折りて食べるは雁の足ならめ　『朱靈』

暗い血に充たされたかのような葡萄酒のタンク。「ぽきぽき」という音を立てて折られてゆく鳥の足。これらの歌には不安と罪の意識のようなものが感じられる。人間が抱える普遍的な不安を自らを通じて感受している言葉だ。しかし葛原の不安は外からやってくるのではない。自らの内に湛えられたものであり、人間という存在があらかじめ抱え持っているほの暗い生の秘密に向かっている。人間とは何だろう、戦後の世界から今日へ問いが差し出されている。
葛原妙子の作品世界が提示するものは実に豊かで謎に満ちている。読む角度によって新たな発見がなされ、あらたな表現や人間観が見い出されることだろう。現在刊行されている関連資料は少ない。さらに葛原妙子の言葉と時代の関係に興味のある方は『新装版　幻想の重量―葛原妙子の戦後短歌』（書肆侃侃房）を、また作品の読みに興味のある方は同じく拙著『コレクション日本歌人選　葛原妙子』（笠間書院）を参照し、新たな読みの可能性への一助としていただければ嬉しい。
私の解説はこのくらいに止めて、読者それぞれによってこの豊穣な言葉の世界がさらに読み深められることを願っている。

【選歌について】

葛原妙子の作品は、第一歌集の『橙黄』以後歌集として発表されているもので四五一九首、それに異本『橙黄』に新たに加えられた作品、改作などが加わる。それらの中から完本の『朱靈』七一五首を含め千五百首を選んだ。全体のおよそ三分の一の作品を収めたことになる。
葛原妙子のイメージとなっている代表作を網羅するとともに、それらの周囲に広がる作品や、時代との問答を感じさせる作品も収めることで葛原がどのように一首を成立させていったのかが感じられることを心がけた。葛原は屹立した一首立ちの作品で知られるが、実は大きな連作をいくつも制作している。多くは旅に触発された連作だが、その流れや目の留め方なども実に面白い。そうした連作の雰囲気を不十分ではあるが残せるようにした。
また、『鷹の井戸』や遺歌集である『をがたま』を中心に、晩年にはほどけた発想の作品や自身の楽しみのために制作されたと思われる作品もあり、さまざまな可能性を感じさせる。そうした作品も積極的に採ることにした。名歌のみによって知られてきた作家だが、当然のことながら凡作や実験作もある。そうした作品も混ざることによってより作家の多面的な表情や厚みは増すと思われる。

【『朱靈』について】

葛原妙子の第七歌集となる『朱靈』は、一九六三年七月から一九七〇年七月の作品七一五首を収める。もっとも充実した時期の歌集である。

真ん中に「朱靈」とだけ印刷された白い箱に入っている。本を引き出すと全体が鈍い銀色で覆われしんと冷えた佇まいだ。ページを開くと扉に美しい朱色で「朱靈」と記される。そして次のページに口絵としてギュスターヴ・モローの「ミューズ達の散歩」がカラーで挟まれている。また「天使」の章の前には「マクシミリアン皇帝の祈禱書」の一ページが白黒で挟まれる。

著者六十三歳。脂の乗りきった時期を代表するこの歌集は、その美意識を細部に至るまで行き渡らせた歌集である。「歌とはさらにさらに美しくあるべきではないのか」という言葉は葛原の短歌観を表す言葉として知られるが、この言葉の含まれる『朱靈』あとがきの文章はつぎのようなものだ。

「歌とはさらにさらに美しくあるべきではないのか」といふ問ひに責められる。この嘆きは、とりもなほさず自己不達成の嘆きに他ならず、おそらくは一生、私自身につきまとふ心の飢餓の變形でもあるのだらう。とすればいさぎよくその飢餓とたたかふ外に方法はない。

葛原は美の求道者としての心を露わにするが、単純に美を至上とする耽美主義者となっているのではない。自らが抱えている「心の飢餓」こそが美を求めてやまないという。美とはすなわち、自らの心を映す鏡であり、さらなる高みへと誘う辛い光源のようなものであったことが窺える。
また、この歌集では長年憧れてきたヨーロッパへの旅が「地上・天空」という連作となっている。ヨーロッパ周遊の旅であったが、題材となっているのは飛行機の中のこととベネチアのみである。人類の運命を直感するような素材が選ばれておりこの作家の志向が感じられる。

おほいなる墨流(すみながし)すなはちガンジスは機上の夢魔のあはひに流る

中継地であるインドを機中から見た風景がたちまちその内面のものとなっている。
この歌集は葛原妙子を特徴づける要素のほとんどが出そろっており、次の作品には一つの到達点が暗示されていよう。

他界より眺めてあらばしづかなる的となるべきゆふぐれの水

「他界」とはどこか。この世を見つめるための詩歌の特別な坐だろうか、そこから振り返られたこの世の水が痛いほど澄んでいる。葛原は「「他界」にいるのは他ならぬ「われ」である」（『わが歌の秘密』不識書院）と書いている。

また、この本では歌集『朱靈』（白玉書房、一九七〇年一〇月刊行、初版）の可能な限り忠実な再現を試みた。新字と旧字、新仮名遣いと旧仮名遣いが混じってることに戸惑う読者もあることだろう。例えば「塩」は「鹽」とはなっていない。現在の感覚であればどちらかに統一すべきだが、この本が出版された当時、あるいはそれより以前の出版物を見ると、そうした混交には大らかである。完全な旧字旧仮名表記に改めることも考えたが、それをすれば葛原の文体のイメージが原作より峻厳な印象になるように思われた。それゆえ、出版当時の表記をそのまま再現し、葛原のもつ大らかさも伝えることにした。こうした表記にも葛原の文体を探る手がかりがあると思われる。

【それぞれの歌集について】

葛原妙子は『橙黄（とうわう）』『縄文』『飛行（ひぎやう）』『薔薇窓』『原牛（げんぎう）』『葡萄木立』『朱靈（しゆれい）』『鷹の井戸』『をがたま』の九冊の歌集をもつ。生前に刊行されたのは八冊である。それぞれの歌集の性格と位置づけを簡単にまとめる。

『橙黄』……一九五〇年四十三歳で刊行された最初の歌集。戦争末期の疎開から戦後にかけての五年間の作品四九五首を収載。

『縄文』……『橙黄』と『飛行』の間に刊行される予定で公示されたものの未刊となった。二二四首を収める。一九七四年に三一書房より『葛原妙子歌集』が刊行されたときに収められた。それまでの間にかなりの歌の取捨選択や推敲がされていることが考えられ、作品の質も『橙黄』に続くというより、『朱靈』や『鷹の井戸』に類似する技術や質を感じさせる歌が混じる。

『飛行』……一九五四年刊行。『橙黄』の次に公刊された歌集。三三六首を収める。自らの方法を模索する試行錯誤があり、刊行までに迷いがあったことが森岡貞香によって伝えられている。

『薔薇窓』……『飛行』以後ほぼ十年間の作品三〇七首を集める。『縄文』同様未刊歌集として三一書房版『葛原妙子歌集』に収められた。そののち単独の歌集として一九七八年にあらためて刊行されている。『原牛』『葡萄木立』『朱靈』と並行する時期に作られ、拾遺歌集としての性格も持つ。

『原牛』……一九五九年刊行。五〇〇首を収める。集中「原牛」五〇首は鳥取砂丘を旅しての連作。室生犀星の序文を収める。葛原自身このあたりからが私の歌だと自負していたという。

『葡萄木立』……一九六三年刊。五五七首を収める。あとがきに旧約聖書の葡萄の物語を引きつつ「この果樹はおそらく有史以前から野火のやうに諸方に擴がり、人間の生(せい)の水として、人間の痛苦や歡喜と共にあつたらしく思はれる」と書く。

『朱靈』……一九七〇年刊。七一五首を収める。初めてのヨーロッパ旅行をし、連作「地上・天空」となる。西欧への意識の変化が見られる。この歌集により第五回迢空賞を受賞。
『鷹の井戸』……一九七七年刊。七二一首を収める。アイルランドの詩人イエーツの「鷹の井戸にて」に触発された作品を含む。あとがきに「私の内側も外側も何となく變ってきてはいないだろうか」と記す。
『をがたま』……葛原の死後、森岡貞香らによって編まれた未刊の遺歌集。五七五首を収める。タイトルは葛原の創刊主宰した歌誌「をがたま」による。葛原自身の選歌を経ていないため、これまでの歌集にない作風の作品も見られる。一九八七年短歌新聞社刊『葛原妙子全歌集』に収められる。
『をがたま補遺』……「『鷹の井戸』から洩れた」と葛原自身が記す作品と、『をがたま』に加えるべき作品を補った未刊歌集。八九首。二〇〇二年砂子屋書房刊『葛原妙子全歌集』に収められる。
異本『橙黄』……三一書房版『葛原妙子歌集』に収められた『橙黄』には改作、訂正、の手が加えられ、新たに加えられた作品で再構成されている。所収歌も四四六首に減らされている。『朱靈』から『鷹の井戸』へと向かう時期の作品が混じる。よって第一歌集である『橙黄』とは異なる異本として砂子屋書房版『葛原妙子全歌集』に収められた。

【読書案内】

●全歌集

『葛原妙子全歌集』砂子屋書房　2002年

初句索引が附された現時点での最も包括的な全歌集（４９６６首）である。解説は森岡貞香。本書での引用等は原則的にはこの全歌集に基づく。

（参考）『葛原妙子全歌集』短歌新聞社　１９８７年

葛原妙子の死後まもなく刊行された砂子屋版に先立つ全歌集。解説は森岡貞香。

（参考）『葛原妙子歌集』三一書房　１９７４年

生前に刊行された作品集であり、第七歌集『朱靈』までを収める。なお、第二歌集『縄文』、第四歌集『薔薇窓』は、本書ではじめて公刊された。

●短歌選集

『現代短歌体系７　塚本邦雄　岡井隆　葛原妙子』三一書房　１９７４年

大岡信・塚本邦雄・中井英夫の「責任編集」と銘打った企画の一冊であり、「前衛短歌の同伴者」という葛原の位置付けを改めて確認することになった。なお、女性でこの体系に収められたのは、五島美代子、齋藤史、生方たつゑ、石川不二子。

『現代歌人叢書23　雁之食』短歌新聞社　１９７５年

第四歌集から第七歌集までの四歌集からの自選歌集（５３８首）である。

『現代短歌全集11』『現代短歌全集14』筑摩書房　１９８１年

それぞれ歌集『橙黃』『原牛』を完本で収めている。

『現代歌人文庫6　葛原妙子集』国文社　1986年
歌集『葡萄木立』の完本と歌集選（中井英夫選420首）、歌論・エッセイ・作家論から成り、長らく標準的な葛原妙子読本として親しまれてきた。

●散文
『孤宴（ひとりうたげ）』小沢書店　1981年
折々の機会に書かれたエッセイを集めた随想集。独特の感受性に加えて洒脱さなども感じさせる。作歌の背景も記されるが背景というより創造的な増幅として読める。

●参考文献
塚本邦雄『百珠百華　葛原妙子の宇宙』花曜社　1982年（砂子屋書房　2002年再刊）
葛原の生前に刊行された100首選および鑑賞、さらに「遺珠百五十撰」として150首。選に塚本ならではの特色があり、独自の美学によって葛原像を描く。
稲葉京子『鑑賞・現代短歌二　葛原妙子』本阿弥書店　1992年
全12巻のシリーズの一冊。稲葉の歌人としての感性と葛原のそれとが触れ合う面白さがある。100首選および鑑賞、さらに「秀歌三百首選」を付す。
結城文『葛原妙子　歌への奔情』ながらみ書房　1997年

最も早い葛原論であり葛原に関わるさまざまなトピックスを幅広く紹介している。葛原が参加した「潮音」「女人短歌」などからの転載資料を収める。

寺尾登志子『われは燃えむよ　葛原妙子論』ながらみ書房　２００３年

歌集ごとに秀歌と注目すべき歌、さらには歌集編纂の経緯についての問題なども取り上げ鑑賞と検討を加えた著作。葛原の全体像を浮かび上がらせる。

現代短歌を読む会編『葛原妙子論集』現代短歌を読む会　２０１５年

穴澤芳江『我が師、葛原妙子』角川書店　２０１６年

葛原との長年にわたる師弟しての関わりから、歌人としてだけではない葛原のさまざまな側面を描いている。

寺島博子『葛原妙子と齋藤史――『朱靈』と『ひたくれない』』六花書林　２０１７年

二歳違いの二人の、共に六十代の代表歌集『朱靈』と『ひたくれない』を中心に、さまざまなトピックスについて類似・対比・対照を自由に論じた著作。

川野里子『葛原妙子――見るために閉ざす目』（コレクション日本歌人選）笠間書院　２０１９年

50首選の解釈と鑑賞。それぞれの歌の味わいどころや補助的な知識を付した。

川野里子『新装版　幻想の重量――葛原妙子の戦後短歌』書肆侃侃房　２０２１年

（『幻想の重量――葛原妙子の戦後短歌』本阿弥書店　２００９年の新装版）

戦後短歌史のなかに葛原を位置づけ、その表現の意味を探る拙著。森岡貞香へのインタビューを収載。

●雑誌による特集

「特集　葛原妙子」「短歌現代」１９８８年2月号

「葛原妙子１００首」安永蕗子選を含む特集号

「特集　華麗なる女流・葛原妙子」「短歌」１９９2年9月号

「葛原妙子百首選」森岡貞香選を含む特集号

「特集　現代女流短歌の原型　葛原妙子」「短歌」１９９９年3月号

「葛原妙子秀歌五十首」森岡貞香選を含む特集号

「特集　葛原妙子」「ねむらない樹 vol.7」２０２１年

高橋睦郎へのインタビューを含む特集号

*これらの著作は絶版・品切れとなっているものが多い。また、葛原を論じた著作・刊行物も同様である。古書や図書館での探索などの手掛かりとして代表的なものをあげた。

葛原妙子年譜

西暦（元号）年齢	年譜	短歌界の動き	社会・文化
1907（明治40）0歳	2月5日、文京区千駄木に生まれる。父、山村正雄（外科医）。母、つね（俳人）。	3月、観潮楼歌会始まる。 4月、中原中也生まれる。	2月、足尾銅山でストライキ。各地で暴動や労働争議。
1910（明治43）3歳	父の都合により兄弟姉妹ばらばらに預けられ養育される。妙子、父方の伯父の許に預けられ、北陸の福井市に育つ。	4月、若山牧水『別離』。 12月、石川啄木『一握の砂』。	5月、大逆事件。 8月、韓国併合。
1917（大正6）10歳	体質虚弱で孤独を好む。	2月、萩原朔太郎『月に吠える』。	
1919（大正8）12歳	4月、旧東京府立第一高等女学校に入学。詩を書くことに興味を持つ。	※島木赤彦の「写生道」「鍛錬道」について議論おこる。	※前年11月、第一次世界大戦終わる。

1923（大正12）16歳	9月1日、関東大震災にあう。父の病院、自宅焼失。友人を喪う。		9月、関東大震災。
1924（大正13）17歳	4月、高等女学校卒業後、母校高等科国文科に入学。教科に四賀光子の短歌がある。	4月、「日光」創刊（白秋、夕暮、善麿、千樫、迢空、利玄ら）。	※翌年、治安維持法公布。
1926（大正15、昭和元）19歳	同女学校を卒業。この頃、斎藤茂吉歌集『あらたま』を入手。	3月、島木赤彦没（49歳）。 7月、赤彦『柿蔭集』、「特集・短歌は滅亡せざるか」（「改造」）の中の釈迢空「歌の円寂する時」が大きな反響を呼ぶ。	※前年12月、イタリアでムッソリーニの独裁政権成立。
1927（昭和2）20歳	1月、医師葛原輝と結婚、千葉市に住む。	7月、芥川龍之介自殺（36歳）。 12月、「日光」廃刊。 ※無産者短歌広がる。	3月、金融恐慌始まる。 ※銀座で洋装のモボ、モガ流行。
1928（昭和3）21歳	8月、長女葉子出生。	9月、若山牧水死去（44歳）。 ※女性歌人の集まり「ひさぎ会」成立（長沢美津、北見志保子ら）。	3月、共産党への大弾圧始まる。 6月、張作霖爆殺事件。
1931（昭和6）24歳	6月、左肋骨カリエスの手術を受ける。		9月、満洲事変始まる。 ※プロレタリア詩人活躍。

1934（昭和9）27歳	2月、東京に帰住。 6月、長男弘美出生。	※前年より発禁、検挙続出。 6月、前川佐美雄「日本歌人」創刊。	※前年3月、国際連盟脱退。 ※作家の転向と転向議論多い。
1935（昭和10）28歳	4月、東京都大田区山王に、輝、外科病院を開設、以後同所に定住。	3月、与謝野寛死去（63歳）。 6月、北原白秋「多磨」創刊。	4月、美濃部達吉の天皇機関説問題になる。
1936（昭和11）29歳	11月、次女彩子出生。	7月、五島美代子『暖流』。 ※この頃「忠君愛国百人一首」登場。	2月、2・26事件起こる。 5月、阿部定事件。 ※千人針、慰問袋、盛んに作られる。
1939（昭和14）32歳	4月より太田水穂主宰の「潮音」社友となり、四賀光子の選を受ける。	※前年に「ひさぎ会」解散。	9月、第二次世界大戦始まる。 ※黒幕「英霊」マークをつけた列車走り始める。
1940（昭和15）33歳		7月、合同歌集『新風十人』。 8月、白秋『黒檜』、佐美雄『大和』、齋藤史『魚歌』。	9月、日独伊三国同盟調印。 10月、大政翼賛会結成。
1941（昭和16）34歳	1月、三女典子出生。	10月、大日本歌人協会編『支那事変歌集・銃後篇』。 ※歌壇、戦時色を強める。	1月、「産めよ増やせよ」政策決定。 12月、太平洋戦争始まる。言論出版集会結社等取締法公布。

1944（昭和19）37歳	8月、子供と共に長野県浅間山麓星野に疎開、寒冷の山荘で越冬し食料に窮乏する。	4月、日本出版会歌誌統合決定。十六誌残る。	1月、大都市に疎開命令発令。 7月、サイパン島玉砕。 ※男性不足で女性が社会で活躍。
1945（昭和20）38歳	年末に帰京。山王の住居、病院、被災をまぬがれる。作歌の気構えを確かにする。	9月、「短歌研究」「アララギ」復刊。 10月、「多磨」、「潮音」復刊。	8月、広島、長崎に原爆投下、日本無条件降伏。「血の純潔を保つため婦女子を逃せ」との通報、九州総監府より各県へ流れる。
1946（昭和21）39歳		3月、小田切秀雄「歌の条件」（「人民短歌」）。 5月、臼井吉見「短歌への訣別」（「展望」）。宮柊二『軍鶏』。桑原武夫「第二芸術」（「世界」）。 ※歌誌の復刊相次ぐ。 ※短歌俳句否定論盛んとなる。	1月、天皇人間宣言。 2月、女子の大学入学が認められる。 4月、戦後初の選挙で女性代議士39人が登場。 5月、極東軍事裁判始まる。 8月、厚生省「生むな殖やすな」運動を提唱。
1947（昭和22）40歳	6月、実父、正雄、葛原家に身を寄せたまま病没（71歳）。 ※この頃、歌仲間との交流活発となる。	5月、桑原武夫「短歌の運命」（「八雲」）。 6月、近藤芳美「新しき短歌の規定」（「短歌研究」）。	5月、日本国憲法施行。 7月、太宰治「斜陽」。 12月、改正民法公布。家制度廃止。

１９４８（昭和23）41歳	日本歌人クラブ会員となる。五島美代子に初めて会う。	1月、小野十三郎「奴隷の韻律」（「八雲」）。 2月、近藤芳美『早春歌』、『埃吹く街』。	6月、太宰治自殺（40歳）。 12月、A級戦犯処刑。
１９４９（昭和24）42歳	春、長女、葉子、聖心女子大学進学とともに受洗。 「女人短歌会」創立メンバーとなる。森岡貞香を知る。	8月、斎藤茂吉『白き山』。塚本邦雄ら同人誌「メトード」創刊。 9月、「女人短歌」創刊。	10月、中華人民共和国樹立。 ※全国の未亡人の数１８７万7千人余。
１９５０（昭和25）43歳	中井英夫に初めて対面する。釈迢空に初めて会う。 **11月、第一歌集『橙黄』（長谷川書房）を女人短歌会より刊行。**	この年女人短歌会により12冊の歌集が連続刊行される。	6月、朝鮮戦争始まる。 7月、金閣寺炎上。レッド・パージ始まる。
１９５１（昭和26）44歳		1月、釈迢空「女流の歌を閉塞したもの」（「短歌研究」）。 8月、塚本邦雄『水葬物語』刊。「モダニズム短歌特集」（「短歌研究」）。	9月、サンフランシスコ講和条約。 自由詩同人誌「荒地詩集」創刊。
１９５２（昭和27）45歳		※「民衆短歌」論議盛んとなる。	5月、血のメーデー事件。 8月、原爆被害の写真初めて「アサヒグラフ」に紹介される。
１９５３（昭和28）46歳		2月、斎藤茂吉没（70歳）。 9月、釈迢空没（66歳）。	2月、テレビ放送開始。

1954（昭和29）47歳	7月、『飛行』（白玉書房）刊行。	1月、総合誌「短歌」（角川書店）創刊。 4月、中城ふみ子「乳房喪失」（第一回「短歌研究」新人賞）。	3月、ビキニ水爆実験で第五福竜丸被爆。
1955（昭和30）48歳	1月、師、太田水穂没（79歳）。	4月、中城ふみ子『花の原型』。	
1956（昭和31）49歳	4月、「現代歌人協会」結成、発起人に加わる。室生犀星と初対面、『飛行』への理解を得る。	1月、「現代歌人協会」結成。 3月、塚本邦雄『装飾樂句』。 7月、森岡貞香『未知』。 9月、富小路禎子『未明のしらべ』。 10月、岡井隆『斉唱』。 ※大岡信と塚本邦雄の間に方法論争おこる（前衛短歌運動始まる）。	1月、石原慎太郎『太陽の季節』。 7月、経済白書「もはや戦後ではない」。
1957（昭和32）50歳	山陰地方を旅行する。作品「原牛」50首となる。	3月、山中智恵子『空間格子』。 9月、五島美代子『新集母の歌集』。 ※吉本隆明と岡井隆の間に方法論争起こる。	8月、日本の原子炉に火点る。 10月、日本、国連の安保理事会非常任理事国となる。
1958（昭和33）51歳	塚本邦雄に会う。 4月、仙台、十和田湖、弘前などに旅をする。後、作品「劫」となる。「灰皿」創刊に参加。	10月、塚本邦雄『日本人靈歌』。 ※主題制作、大連作の試み盛んとなる。	1月、大江健三郎『飼育』。 ※出生率世界最低水準となる。

1959（昭和34）52歳	9月、歌集『原牛』（白玉書房）を刊行。	1月、馬場あき子『地下にともる灯』。 9月、齋藤史『密閉部落』。	4月、皇太子結婚。 9月、伊勢湾台風。
1960（昭和35）53歳	蔵王地蔵峠に登る。	9月、春日井建『未青年』刊行。 12月、総合誌「律」創刊。 12月、岸上大作没（21歳）。	6月、60年安保闘争、樺美智子死亡。 12月、池田内閣、所得倍増政策を発表。
1961（昭和36）54歳	1月、肺炎を病む。「律」創刊に参加。	2月、岡井隆『土地よ、痛みを負え』、塚本邦雄『水銀傳説』。 8月、倉地與年子『乾燥季』。 10月、吉本隆明「言語にとって美とは何か」連載開始（「試行」40年6月まで）。	4月、ガガーリン人類初の宇宙飛行に成功。 11月、「女子学生亡国論」論争が巻き起こる。
1962（昭和37）55歳	5月、徳島市の短歌大会で「作歌の機微について（一）」を講話する。	4月、齋藤史「原型」創刊。 11月、長沢美津編著『女人和歌体系第一巻』。	2月、東京都、世界最大の一千万人都市となる。 3月、室生犀星没（72歳）。 6月、安部公房『砂の女』。
1963（昭和38）56歳	11月、『葡萄木立』（白玉書房）を刊行。	3月、山中智恵子『紡錘』。 ※前衛短歌運動最盛期。	11月、ケネディ大統領暗殺。 ※政治と文学論争起こる。

1964（昭和39）57歳	『葡萄木立』日本歌人クラブ賞受賞。南日本新聞歌壇選者となる。	10月、前登志夫『子午線の繭』刊行。村上一郎「無名鬼」創刊。 12月、深作光貞「ジュルナール律」創刊。 ※戦中派による前衛短歌批判おこる。	4月、日本人の海外渡航自由化。 10月、東海道新幹線開業、東京オリンピック開催。
1965（昭和40）58歳	東大病院で眼疾の診察を受ける。	5月、塚本邦雄『緑色研究』、吉本隆明『言語にとって美とはなにか』。 8月、寺山修司『田園に死す』。	4月、「べ平連」発足、初のデモ行進。 7月、谷崎潤一郎没（80歳）。 ※いざなぎ景気（～70年7月）。
1966（昭和41）59歳	10月、網走刑務所を訪ね、北海道東部を旅行する。後に作品「北辺」となる。	7月、大西民子『無数の耳』。	5月、中国で文化大革命始まる。 6月、ザ・ビートルズ来日。
1968（昭和43）61歳	4月、鹿児島市で短歌講話。 12月、大田区短歌連盟を設立、会長となる。	1月、深作光貞編『律68』。 9月、山中智恵子『みずかありなむ』。 10月、近藤芳美『黒豹』。	全共闘運動拡大。 10月、川端康成、ノーベル文学賞受賞決定。 12月、吉本隆明『共同幻想論』刊行。
1969（昭和44）62歳	3月末から1ヶ月ヨーロッパを家族旅行する。のちに作品「地上・天空」となる。	9月、塚本邦雄『感幻樂』。	1月、東大紛争安田講堂攻防戦。 7月、アポロ11号月面着陸。

1970（昭和45）63歳	10月、『朱靈』（白玉書房）刊行。	10月、佐佐木幸綱『群黎』。	3月、赤軍派「よど号」ハイジャック。 11月、日本初のウーマンリブ大会開催、三島由紀夫割腹自殺。
1971（昭和46）64歳	1月、血圧の変化による臥床数週間。 6月、『朱靈』そのほかの仕事によって第五回迢空賞受賞。	3月、馬場あき子「女歌のゆくえ」（「短歌」）。 6月、中井英夫『黒衣の短歌史』。	2月、成田闘争激化。 6月、沖縄返還協定調印。
1972（昭和47）65歳	10月、『現代短歌大系7』（三一書房）に従来の作品八百余首を収録。 11月、仙台東北短歌会に招かれ「作歌の機微について（二）」を話す。	5月、河野裕子『森のやうに獣のやうに』。塚本邦雄『定型幻視論』。	1月、元日本兵横井庄一、グアム島で28年ぶりに発見。 2月、連合赤軍浅間山荘事件。 4月、川端康成ガス自殺。 6月、田中角栄「日本列島改造論」。
1973（昭和48）66歳	『縄文』、『薔薇窓』を編集する。	5月、三枝昂之『やさしき志士たちの世界へ』。 12月、山崎方代『右左口』。	8月、金大中氏ら致事件。 10月、石油ショックで買いだめ騒動。 ※平均寿命が男女とも70歳を超える。

年	事項	短歌関連	社会
1974（昭和49）67歳	9月、『葛原妙子歌集』（三一書房）が刊行される。『縄文』、『薔薇窓』所収。	3月、玉城徹『近代短歌の様式』。 5月、伊藤一彦『瞑鳥記』。	3月、元日本陸軍少尉小野田寛郎、ルバング島より帰還。
1975（昭和50）68歳	7月、選集『雁之食』（短歌新聞社）刊行。近藤芳美一行とともにギリシア旅行、夫同行。	4月、岩田正『土俗の思想』。 7月、岡井隆『鷲卵亭』。	4月、サイゴン陥落、ベトナム戦争終結。
1976（昭和51）69歳	3月、師、四賀光子死去。	3月、高野公彦『汽水の光』。 9月、齋藤史『ひたくれなゐ』。	7月、村上龍『限りなく透明に近いブルー』、ロッキード事件で田中首相逮捕。 9月、毛沢東死去。
1977（昭和52）70歳	10月、第八歌集『鷹の井戸』（白玉書房）刊行。	3月、馬場あき子『桜花伝承』。 6月、吉本隆明『初期歌謡論』。 10月、河野愛子『鳥眉』。	
1978（昭和53）71歳	9月、『原牛』以後の作品を収めた実質的第四歌集『薔薇窓』（白玉書房）を刊行。	1月、篠弘「戦後短歌と思想」（「現代短歌78」）で若手歌人の「微視的観念の小世界」を批判。	4月、大韓航空機銃撃事件。 5月、成田新国際空港開港。 8月、日中平和友好条約調印。

年	事項	短歌界	社会
1981（昭和56）74歳	**1月、随筆集『孤宴』（小沢書店）刊行。** 5月、季刊短歌誌「をがたま」を創刊、編集発行人となる。 『現代短歌全集』（筑摩書房）に『橙黄』、『原牛』が収められる。		1月、米レーガン大統領就任。 7月、英チャールズ皇太子、ダイアナ妃と結婚。
1982（昭和57）75歳	4月、選集『憂犬』（沖積社）刊行。 7月、塚本邦雄著『百珠百華——葛原妙子の宇宙』（花曜社）刊行。		4月、英アルゼンチン、フォークランド戦争。 ※パソコン、ファックスなど電子機器普及。
1983（昭和58）76歳	11月、視力障害のため「をがたま」秋号をもって終刊。	5月、寺山修司没（47歳）。 ※若手女性歌人活躍、「女歌」を巡る論争活発。	4月、東京ディズニーランド開業。 9月、大韓航空機ソ連領で撃墜される。
1984（昭和59）77歳	健康状態が復さず、この年から作品発表なし。療養専一の生活に入る。	1月、「特集・塚本邦雄の世界」（「解釈と鑑賞」）。4月、河野裕子、阿木津英、道浦母都子ら女性の歌を巡る「春のシンポジウム」開催。	3月、グリコ・森永事件。 ※離婚家庭数が死別家庭数を上回る。

1985（昭和60）78歳	4月12日、長女、葉子により受洗（洗礼名マリア・フランシスカ）。9月2日、多発性脳梗塞に肺炎を併発して、大田区の田園調布中央病院で没する。	「短歌研究」11月号「葛原妙子追悼特集」―長沢美津ほか、「短歌」11月号「葛原妙子追悼特集」―森岡貞香ほか、「短歌現代」12月号「葛原妙子追悼特集」―近藤芳美ほか。	8月、日航ジャンボ旅客機御巣鷹山に墜落。※核家族化さらに進行。
1986（昭和61）	4月、『現代歌人文庫6・葛原妙子歌集』（国土社）刊行（『葡萄木立』全編収録、他は抄録）。	12月、宮柊二死去（74歳）。	
1987（昭和62）	7月、『葛原妙子全歌集』（短歌新聞社）刊行（『鷹の井戸』以後の作品は、未刊歌集『をがたま』（森岡貞香編）として収録された）。	7月、俵万智『サラダ記念日』ベストセラー。佐藤佐太郎死去（77歳）。	

■著者略歴

葛原妙子（くずはら・たえこ）

1907（明治40）年東京都文京区に生まれる。1939年「潮音」に入社。四賀光子の選を受ける。第二次大戦後本格的に作歌活動を始め、1949年「女人短歌会」創立メンバーとなる。1981年には歌誌「をがたま」創刊。1985年没（洗礼名マリア・フランシスカ）。
歌集に『橙黄』『縄文』『飛行』『薔薇窓』『原牛』『葡萄木立』『朱靈』『鷹の井戸』。遺歌集として『をがたま』がある。『葡萄木立』により日本歌人クラブ賞、『朱靈』により第五回迢空賞を受賞。随筆集に『孤宴』がある。

■編者略歴

川野里子（かわの・さとこ）

1959（昭和34）年大分県生まれ。千葉大学文学部日本文化研究科修士課程修了。東京大学大学院総合文化研究科博士課程単位取得退学。歌誌「かりん」編集委員。
歌集に『太陽の壺』（河野愛子賞）『王者の道』（若山牧水賞）『硝子の島』（小野市詩歌文学賞）『歓待』（読売文学賞）『天窓紀行』など。評論に『幻想の重量――葛原妙子の戦後短歌』（葛原妙子賞）『七十年の孤独――戦後短歌からの問い』『コレクション日本歌人選　葛原妙子』など。

葛原妙子歌集

二〇二一年十一月十九日　第一刷発行
二〇二三年九月十日　第二刷発行

著者　葛原妙子
編者　川野里子
発行者　田島安江
発行所　株式会社 書肆侃侃房（しょしかんかんぼう）
〒八一〇-〇〇四一
福岡市中央区大名二-八-十八-五〇一
TEL：〇九二-七三五-二八〇二
FAX：〇九二-七三五-二七九二
http://www.kankanbou.com　info@kankanbou.com

編集　藤枝大
ブックデザイン　六月
DTP　黒木留実
印刷・製本　モリモト印刷株式会社

ISBN978-4-86385-491-8　C0092